rowohlt

Gregor Sander

Ich aber bin hier geboren

Erzählungen

Rowohlt Verlag

1. Auflage September 2002

Satz aus der Trinité No 2 PostScript PageMaker
Pinkuin Satz und Datentechnik, Berlin
Druck und Bindung Clausen & Bosse, Leck
Printed in Germany
ISBN 3 498 06361 8

Die Schreibweise entspricht den Regeln
der neuen Rechtschreibung.

Ich aber bin hier geboren

Ich aber bin hier geboren

Dieser Ort ist unwirklich, verstehen Sie? Er ist unwirklicher als das, was man am Potsdamer Platz in Berlin gebaut hat und auch unwirklicher als die City Nord in Hamburg, in der es nachts keine Menschen gibt, in einem Büroviertel mitten in der Stadt. Dieser Ort ist so unwirklich, weil er zum größten Teil der Vorstellung der Menschen entspricht, die hier wohnen und deren Wurzeln jahrhunderteweit zurückreichen. In meiner Jugend habe ich versucht, dagegen anzugehen, ich habe versucht, die Bewohner des Ortes zum Verstehen zu bewegen, bis ich sie verstanden habe. Ich habe sie an dem Tag verstanden, als sie 1962 den alten Hafen mitten im Ort zugeschüttet haben, um einen Parkplatz darauf zu bauen. Eine riesige graue Steinfläche, an deren Rand Altglascontainer stehen, hinter einer Hecke, so viel Scham haben sie hier. Dort, wo die Fischerboote anlegten und Holzpfähle mit einem Überzug aus bläulich grünen Algen aus dem Wasser ragten, wo es ein ständiges Geräusch gab, wenn die Flut kam, oder durch die Schreie der Möwen, dort ist jetzt Stille. Die Autos der Tagestouristen aus dem Ruhrgebiet oder aus Bayern, die in den Nachbarorten ihre Ferien verbringen, stehen da. Blaue, rote und grüne Punkte auf dem grauen Stein. Die zahlen dafür eine Mark pro Stunde und freuen sich, mitten im Ort zu stehen, verstehen Sie? Was sie dann hier zu sehen bekommen, sind begradigte Straßen mit vielen neuen Häusern, bei denen man sich nicht einmal die Mühe gemacht hat, sich an die Gegend und ihre Vergangenheit zu halten. Statt des roten Backsteins nahmen sie Beton und klinkerten eine rote Schicht davor. Schon bei dem Wort vorgeklinkert läuft es mir kalt den Rücken runter. Die Häuser hier waren klein und geduckt mit winzigen Fenstern. Das alles hatte seinen Grund, weil es hier den Sturm gibt und die Kälte und sich so ein geducktes Haus wehrt dagegen. Die neuen Häuser sind groß, mit vielen Zimmern, und die großen neuen Fenster haben immer noch Sprossen wie die alten, aber die liegen nur zur Zierde im Glas, wie Aal in Aspik. Die Feriengäste aus Köln, München und Hamburg mögen helle große Zimmer, aber sie mögen auch reetgedeckte Häuser, weil sich das so gehört hinter den Deichen, und deshalb haben die Leute hier Schilf auf ihre Betonhäuser gelegt.

Der Bürgermeister ließ auf dem kleinen Marktplatz einen Kreisverkehr anlegen, dem niemand folgt, nur die Kinder mit ihren Fahrrädern. Und dort, wo die alte Post stand, wurde ein Hotel gebaut, das mit seinen weißen Säulen und riesigen Balkonen nur in den Südstaaten der USA nicht auffallen würde. Auf den Fluren dieses Hotels werden die Lampen durch eine Lichtschranke angeschaltet, und Sie können sich vorstellen, wer davon begeistert ist. Ich aber bin hier geboren. Und das erste Mal, dass mir etwas gefallen hat, war, als der Wirt des Hotels Düne vor ein paar Jahren hinten an das Gebäude eine Kneipe bauen ließ. La Bodega heißt sie, und es gibt spanische Gerichte, und die Leute dürfen ganz gegen ihre Gewohnheit Erdnussschalen auf den Fußboden werfen. Die Bodega ist klein mit einem Tresen und ein paar Tischen, und sie hat mit Spanien etwa so viel zu tun wie der Parkplatz mit einem alten Fischerhafen. Aber sie gefällt mir trotzdem, auch weil sie erst um vier Uhr morgens schließt. Meistens jedenfalls, wenn Thomas, der angestellte Wirt, es so lange aushält. Wenn ich also nachts um zwölf ein Bier trinken will, muss ich nicht in die Bar des Säulenhotels gehen, sondern kann hier sitzen, über Erdnussschalen, und friesisches Bier trinken.

Thomas ist hier gestrandet. Er ist Seemann, vielleicht der einzige echte Seemann im Ort. Ein schwuler Matrose mit sächsischem Akzent. Der, als sie in seiner Heimat auf die Mauer gestiegen sind, im Suezkanal war und weitergefahren ist nach Hongkong. Der Politoffizier der Ernst Thälmann schloss sich ein in seiner Kabine und ließ sich kaum noch sehen an Deck, und die DDR fuhr mit Thomas weiter auf diesem Schiff, und als sie wieder anlegten in Rostock, war das Geld in seinen Taschen schon Vergangenheit. Thomas nahm seine Heuer und stellte sich fortan hinter einen Tresen, weil das sicherer war als ein Schiff, und der Tresen in einer spanischen Kneipe in einem Nordseekurort gehört wahrscheinlich zu den sichersten Plätzen der Welt.

Aber es ist schwierig mit der Liebe für ihn. Und auch sonst langweilte er sich. Er wird weggehen in einem halben Jahr, und im Gegensatz zu manch anderem, der hier davon redet wegzugehen, nach Hamburg, Berlin oder Köln, glaube ich ihm das, denn er ist erst achtundzwanzig und hat Erfahrung im Weggehen. Auch ich habe das versucht mit Berlin. Ein halbes Jahr. Ich glaube, die meisten gehen hier wegen der Liebe weg. Sie hoffen, dass es leichter wird, wenn es größer wird. Ich aber bin hier geboren. Ich habe das mitgeschleppt nach Kreuzberg im Jahr 1970. Und so merkwürdig das vielleicht klingt, ich habe das alles hier vermisst. Nicht gerade den Beton, sondern eher ein Gefühl, ein Gefühl vom Mond über den Deichen, verstehen Sie?

Zwei hier sind den umgekehrten Weg gegangen. Aus den großen Städten an die Nordsee. Richard und Johannes. Der eine kam freiwillig und der andere durch die Schulbehörde. Richard zog in das Haus seiner Großmutter. Ein altes Backsteinhaus mit einem wilden Garten, und Sie sehen schon, dass ich manchmal übertreibe. Es gibt noch alte Häuser hier. Richards Haus ist eines davon, vielleicht sogar das schönste. Ich kenne ihn noch aus der Zeit, als er seine Großmutter besuchte in den sechziger Jahren. Ein hibbeliges Kind, das immer zu schnell war für die einheimischen Kinder, zu schnell und zu laut. Dann kam er lange Zeit nicht mehr. Er soll in Berlin gesessen haben in den Cafés und Bars, und seine Hauptbeschäftigung soll es gewesen sein, schön auszusehen. Verstehen Sie mich nicht falsch, ich weiß das natürlich nicht genau, so etwas hört man nur, aber ich kann es mir vorstellen. Ende der achtziger Jahre kam er hierher. Seine Großmutter war gestorben, und Richard zog in ihr Haus und pachtete eine Kneipe im Nachbarort. Verkaufte Schollen im Mai und Matjes im Sommer. Er arbeitete bis in den Herbst, und im Winter servierte er seinen Gästen an manchen Wochenenden Grünkohl mit Pinkel. Den Rest der Zeit verbrachte er im Haus hinter geschlossenen Fensterläden. Er betreibt das Restaurant immer noch, und ich weiß nicht, wie viel Schulden er gemacht hat und ob er sie beglichen hat. In letzter Zeit redet er davon, aber Sie wissen ja, was so etwas heißt. Er kam damals mit Frau und Kind, einer schönen Frau und einem stillen Kind. Beide zogen nach Wilhelmshaven ein paar Jahre später. Aber sie arbeitet immer noch in seinem Restaurant, seine schöne Frau, und auch seine spätere Freundin ist dort geblieben, obwohl sie ihn verlassen hat. Sie reden beide nicht mit ihm, sie zischen nur. Und er stolpert durch die Küche und durch das Restaurant und macht es nicht falsch. Er macht es nur nicht richtig, ihm fehlt ein Stück dazu.

«Ich finde diese Kneipe doof», sagt Richard, wenn er in die Bodega kommt, und sitzt trotzdem jede Nacht dort. Sein Restaurant schließt gegen zehn, und dann dreht er hier eine richtige Runde. Er beginnt in der Düne, geht rüber ins Leuchtfeuer, dann zum Strand und endet in der Bodega. Er ist immer der Letzte, der geht.

Johannes kommt seltener. Er wohnt in einem dieser scheußlichen neuen Häuser am Ortsrand. Der Schwatte sagen die Leute, wenn sie über ihn reden. Sie reden mehr über ihn als mit ihm. Johannes trägt nur schwarze Kleidung. Der Rahmen seiner Brille ist schwarz, sein alter Opel Kadett ist schwarz und auch die Wände seiner Wohnung, die Möbel, die Bettwäsche, alles ist schwarz. Auch wenn kaum ein Einwohner das mit eigenen Augen gesehen hat, es beflügelt ihre Phantasie. Schwarze Messen gebe es im Dornenweg mit den Schülern, die Johannes in Mathematik und Physik unterrichtet. Ich weiß nicht, wie genau solche Gerüchte entstehen, aber sie entstehen zwangsläufig, verstehen Sie?

Sie mögen ihn trotzdem im Ort. Auch wenn sie nicht viel mit ihm reden. Das gehört zu den Leuten hier. Auch Richard mögen sie. Sie regen sich über seinen verwilderten Garten auf, über die Hecke, die geschnitten werden müsste, oder den ungemähten Rasen. Aber wenn er sich zu ihnen setzt oder sie im Ort trifft, dann reden sie mit ihm. Es ist leichter mit ihm als mit Johannes, weil Richard gern redet, besonders wenn er trinkt.

Thomas hält für Johannes einen speziellen Wein in der Bodega bereit. Er wurde extra bestellt. Johannes hat einen riesigen Weinkeller, das heißt, eigentlich habe ich ihn, und daher kenne ich Johannes auch. Die wenigsten Häuser besitzen einen Keller, weil das Grundwasser zu hoch ist, und das scheußliche Haus, in dem Johannes wohnt, hat auch keinen. Er mietete vor Jahren meinen Keller für seine Weine. Manchmal fährt er nach Hamburg auf Weinauktionen oder er lässt sich Kisten von Händlern schicken. In meinem Keller sind die Regale voll bis unter die Decke mit Weinen aus Italien und Süddeutschland. Keine französischen oder spanischen. «Man muss sich entscheiden», sagt Johannes. «Es gibt zu viel Wein, also muss man sich entscheiden.»

Wenn er in die Bodega kommt, dann früher als Richard. Er setzt sich in die hinterste Ecke am Tresen, und Thomas bringt ihm ein Glas seines Weins. Wenn Richard kommt, dann geht er nie direkt zu Johannes. Er macht auch in der Bodega eine Runde. Er schlägt auf Schultern und erzählt von seinem Tagesumsatz. Erst zum Schluss steht er bei Johannes. Die beiden sind Freunde, auch wenn sie selber das nie so sagen würden, verstehen Sie?

«Du spinnst doch mit deinem Wein», sagt Richard mindestens einmal am Abend, und Johannes antwortet: «Wenn du meinst.» Aber auch Richard hat Wein für Johannes besorgt. Genau wie Thomas. Denn immer dann, wenn Johannes in der Bodega ist und Thomas den Laden schließt, sagt Richard vor seinem Haus: «Komm, lass uns noch ein Glas trinken.» Er sagt das, als würde er es zum ersten Mal sagen, und Johannes geht immer mit. Auch ich setze mich manchmal dazu. Es bleibt nie bei diesem einen Glas. Erst wenn die Flasche leer ist, sind diese Nächte zu Ende, und Richard hat geredet. Hat die Thesen, die er aufgestellt hat in der Bodega, über die Liebe, über Politik oder Literatur, wiederholt oder behauptet, an seinem Küchentisch sitzend, das Gegenteil, so als hätte er das schon immer gesagt, und Johannes steigt darauf ein und diskutiert mit ihm. Selbst wenn Richard völlig betrunken ist, gibt Johannes nicht auf, und das ist es, was ich mit Freundschaft meine.

In den wirklich guten Nächten setzt Richard sich an das verstimmte Klavier seiner Großmutter im Nebenzimmer und spielt Elton John, und Johannes und ich gehen, ohne uns zu verabschieden. Wir hören ihn noch draußen spielen. Ich glaube, er hat Angst vor dem Schlaf, vor seinem riesigen leeren Bett, vor den Träumen. Ich glaube, deshalb hat er diesen Wein gekauft, um das alles rauszuzögern, verstehen Sie?

Richard geht nie zu Johannes. Ich tue das manchmal. An Sonntagen klingle ich an seiner Tür und gehe vorbei an schwarzen Wänden, durch schwarze Türen. Johannes trägt an diesen Sonntagen einen Morgenmantel und einen Schlafanzug, beides schwarz. Er serviert mir Espresso, und wir sitzen vor der Panoramascheibe in seinem Wohnzimmer und hören klassische Musik. Wenn Johannes Besuch bekommt von Freunden und kocht, mehrere Gänge, zu denen es die ausgesuchten Weine aus meinem Keller gibt, auch dann lädt er mich manchmal ein. Es kommt selten vor, und Johannes redet mit seinen Freunden vor allem über das Studium und über die Arbeit. Ich kenne ihn trotzdem kaum. Er redet nicht darüber, was in ihm vorgeht. Es ist wenig bekannt von ihm.

Ich aber bin hier geboren, und jeder weiß, dass meine Mutter bei einem Autounfall ums Leben gekommen ist und dass mein Vater, zwei Tage bevor er sich erhängte, nur mit einem Schlafanzug bekleidet in seinem Auto durch Friesland fuhr, auf der Flucht vor ich weiß nicht wem. Selbst die Wilhelmshavener Zeitung brachte die Meldung von dem verwirrten alten Mann auf Seite eins. Und dass meine Frau und meine Kinder zwei Häuser neben mir wohnen bei einem anderen Mann, das weiß natürlich auch jeder. Manchmal würde ich mir wünschen, vor Johannes' Panoramafenster etwas über ihn zu erfahren, aber mir reicht es auch, nur dort zu sitzen. Richard sagt, ihn würde das langweilen, obwohl er noch nie bei Johannes war. In den Schulferien fährt Johannes in den Urlaub. Besucht Freunde und deren Familien in Hamburg, oder er fährt mit dem Auto nach Italien. Er wurde Anfang der achtziger Jahre hierher geschickt und hat dann mehrere Anträge gestellt, um nach Hamburg versetzt zu werden oder wenigstens nach Kiel. Aber die Gesetze sind so, dass ein kinderloser unverheirateter Lehrer dort bleiben muss, wo die Schulbehörde es will. Inzwischen hat sich Johannes damit abgefunden, verstehen Sie?

Richard fährt nie in den Urlaub. Nur im Winter, wenn sein Restaurant geschlossen ist, verschwindet er manchmal für eine Woche. Niemand weiß dann, wo er ist. Auch wenn er viel redet, darüber spricht er nie. Er verschwindet, und genauso plötzlich ist er wieder da, als sei er nie weg gewesen.

Im Sommer letzten Jahres ist sie dann gekommen. Marlene. An so einem Bodega-Abend, spät in der Nacht. Richard saß schon neben Johannes. Sie redeten über den «Faust», eines von Richards Lieblingsthemen. Ich weiß nicht, wie oft sie schon darüber gesprochen haben. Darüber, ob die Figur des Mephisto oder die des Faust besser in die heutige Zeit passt. Wer von beiden gut oder böse ist, und was gut oder böse überhaupt bedeutet. Johannes antwortet Richard mit einem Ernst, der mich amüsiert. Er weiß natürlich inzwischen, dass Richard den zweiten Teil des «Faust» nie gelesen hat, und auch, dass der erste Teil in seinem Hirn schon relativ verschüttet ist. Ich stand neben den beiden, und Thomas saß auf der anderen Seite des Tresens auf einem Barhocker, zupfte ab und zu an seinem roten Halstuch und lachte kopfschüttelnd. In der Bodega war außer uns niemand mehr.

Die Tür ging auf, und dieses blonde Mädchen betrat die Kneipe. Sie trug ein geringeltes T-Shirt, unter dem eine kleine, feste Brust zu sehen war, hochgekrempelte Blue Jeans und Espandrillos. Richard und Johannes verstummten, und Thomas stand auf und begrüßte das Mädchen. Küsschen rechts, Küsschen links, «Hallo Marlene». Wir sahen sie an. Ich wusste, dass sie seit drei Tagen als Kellnerin im Hotel Düne arbeitete, und ich wusste auch, dass Richard und Johannes das wussten. Niemand arbeitet hier drei Tage im Ort, ohne dass die Einwohner das erfahren. Schon gar nicht, wenn es so ein Mädchen ist. Verstehen Sie mich nicht falsch, aber solche Frauen kommen hier normalerweise nicht her.

Die einzigen Frauen in diesem Alter wohnen ein paar Wochen im Heim des Müttergenesungswerks, oder sie kommen für ein Wochenende mit einer Freundin aus Hamburg. Sie verbringen ein paar Tage am Strand, und am zweiten Abend kommen ihre Freunde mit Surfbrettern auf dem Autodach.

Thomas stellte uns vor. «Die sind zwar ein bisschen wahnsinnig», sagte er, «aber auch ganz lustig.» Richard lachte, und man konnte seine Zähne dabei sehen. «Ich bin Richard», sagte er und zeigte mit der rechten Hand auf sich. Johannes sagte: «Hallo», und auch ich gab dem Mädchen die Hand. Johannes fragte, ob er sie zu einem Glas Wein einladen dürfte, und Richard lachte wieder durch die ganze Kneipe: «Hohoho, von dem Teuren.» Marlene nickte, ließ sich von Thomas ein Glas von dem italienischen Rotwein eingießen, nippte daran und sagte: «Gut, aber ich wollte euer Gespräch nicht unterbrechen.» Richard winkte ab: «Da gibt es nicht viel zu unterbrechen.»

«Worüber habt ihr gesprochen», fragte Marlene, und als ich antwortete: «Über Goethes Faust», sagte Richard, ohne mich anzusehen, «Der Kulturfuzzi hält jetzt bitte mal die Fresse.» Er nimmt mir meinen Job bei der Ortsverwaltung übel. Ich arbeite dort im Referat Kultur und organisiere Kurkonzerte und solche Dinge. Ich habe weiß Gott von etwas anderem geträumt, aber Richard gönnt mir das regelmäßige Einkommen nicht. «Staatskohle für Platzkonzerte», sagt er.

Wir tranken mit ihr bis zum Morgengrauen, und als Richard später vor seinem Haus sagte: «Jetzt trinken wir aber noch ein Glas», und alle mitgingen, auch Johannes, obwohl er ein paar Stunden später in Jever unterrichten musste, da wusste ich, dass die beiden dieses Mädchen nicht verkraften würden. Nicht so leicht. Johannes ist ein disziplinierter Mann und normalerweise hätte er schon im Bett gelegen, doch er ging mit und trank mit uns, Richard setzte sich ans Klavier und sang «Your song», Marlene stimmte ein und auch Johannes summte mit. Ich habe ihn noch nie summen hören, obwohl er mehr von Musik versteht als wir alle. Wir tranken noch zwei Flaschen Wein, und als Marlene, Thomas, Johannes und ich gingen, konnten wir Richard singen hören, und es klang, als würde er nie mehr damit aufhören.

Das war der Anfang. Es war kein besonders guter Sommer im letzten Jahr. Richard hatte wenig Gäste, Johannes' Sommerferien begannen, und für mich war die Arbeit wie jedes Jahr. Die Kurgäste wollen unterhalten werden, egal, wie viele es sind. Ich sah die beiden seltener, wie immer im Sommer. Aber ich wusste, dass Richard mit Marlene am Strand lag und mit ihr nach Amrum fuhr. Ich erfuhr, dass er sein kleines schäbiges Segelboot, das vor seinem Haus lag und seit Jahren nicht mehr im Wasser war, «Marlene» taufte und wirklich daran arbeitete, es seetauglich zu machen. Und ich hörte, dass seine beiden Frauen im Restaurant wütend waren, weil Richard sich seltener blicken ließ, und dass sie nicht mal mehr mit ihm zischten und alle Fragen nach ihm mit einer Handbewegung beantworteten.

Auch für Johannes verlief der Sommer ungewohnt. Er fuhr nicht in den Urlaub, wie sonst, und auch wenn er nicht so weit ging, sich an den Strand zu legen, es war merkwürdig, ihn zu dieser Jahreszeit hier zu wissen. Er fuhr mit Marlene in Restaurants nach Jever und Wilhelmshaven und besuchte mit ihr klassische Konzerte in Hamburg. Er saß mit Richard jetzt fast täglich in der Bodega.

Über Marlene war wenig zu erfahren. Thomas erzählte, dass sie Schauspiel studierte in München und hier das Geld für das Studium verdiente. Auf weitere Nachfragen antwortete er: «Fragt sie doch selber», was niemand tat, jedenfalls niemand von den Einheimischen, sonst wüsste ich davon. Sicher, es gab Gerede, aber das war nicht anders zu erwarten, und was Richard und Johannes über das Mädchen erfuhren, weiß ich bis heute nicht.

Der Sommer verging. Der Sommernachtsball Ende August ist für mich das Ende der Saison. Ich muss ihn organisieren. Eine Band, Bestuhlung für den Kursaal, Speisen und Getränke. Ich verschicke Einladungen bis nach Hamburg und Kiel und denke dabei an den Herbst.

Richard bestellte den Tisch. Ich muss wohl nicht erwähnen, dass sowohl er als auch Johannes noch nie beim Sommernachtsball waren. Ich wäre nicht mal auf die Idee gekommen, sie einzuladen. «Wir hätten gerne einen schönen Tisch für den Ball», sagte Richard zu mir, als würde er mit einem Minister sprechen. «Wer sind wir?», fragte ich erstaunt. Und Richard zog die Augenbrauen hoch und sagte: «Na, wir drei.»

«Sollt ihr haben, Richard. Sollt ihr haben», sagte ich, obwohl ich kein gutes Gefühl dabei hatte.

Der Tag, an dem der Ball stattfindet, ist besonders anstrengend für mich. Diesmal war es ein schwüler Sommertag, und ich überwachte ab dem frühen Morgen die Arbeiten im Kurhaus. Es wurde ein Ball wie immer. Der Bürgermeister hielt eine von seinen gefürchteten langatmigen Reden, und ein Kurgast, der seit Jahrzehnten hierher kommt, schloss sich mit einer spontanen, keinesfalls interessanteren Dankesrede an. Die Band spielte ab acht deutsche Schlager, und ich saß am Prominententisch und musste mir Gespräche über die Tourismusbranche in Friesland anhören.

Ich hatte den Dreien einen Tisch in meiner Nähe gegeben. Natürlich wollte ich sie beobachten. Marlene trug ein rotes kurzes Kleid, Richard hatte aus einem seiner Schränke tatsächlich ein gebügeltes Hemd hervorgekramt, und Johannes hatte für seine schwarzen Klamotten endlich einmal einen Rahmen gefunden. Beide tanzten abwechselnd mit Marlene, und wenn sie am Tisch saßen, dann fasste Marlene Richard und Johannes ab und zu um die Schultern, zog sie zu sich heran, sagte etwas, und dann lachten sie alle drei. Ich glaube, sie waren die Einzigen, die lachten. Die so lachten, verstehen Sie?

Später tanzte ich einmal mit Marlene, und ich genoss es, sie im Arm zu halten und ihren Körper an meinem zu spüren. «Gefällt es dir denn?», fragte ich sie, und sie lächelte und sagte: «Ja, es ist sehr schön.»

Gegen eins hörte die Band auf zu spielen, und der Saal leerte sich schnell. Mein Bürgermeister hatte beschlossen, sich zu betrinken und außerdem, dass ich ihm dabei Gesellschaft zu leisten hatte. «Tolles Fest», sagte er immer wieder und schlug mir auf die Schulter. Ich sah das abgegessene Buffet, die dreckigen Tischdecken und die leeren Weingläser. Die Kellner saßen an einem Tisch und rauchten. Sie sahen erledigt aus. Richard stand auf und setzte sich an das verwaiste Keyboard und spielte «Candle in the wind». Der Bürgermeister sagte mit schwerer Zunge «Suffkopp», und dann verließen die drei den Saal, Marlene in der Mitte, jeweils einen Arm um die Männer gelegt.

Sie verschwand. Marlene verschwand, genauso wie sie gekommen war und wie es zu erwarten gewesen ist. Ich bemerkte es daran, dass ich Richard und Johannes nicht mehr in der Bodega sah. «Ist sie weg», fragte ich Thomas, und der zog die Schultern hoch und nickte grinsend.

Die beiden blieben verschwunden. Ich sah sie manchmal auf der Straße, aber sie kamen nicht mehr in die Bodega. Das ging über Wochen, bis Weihnachten.

Als meine Frau noch bei mir wohnte und nicht bei meinem Nachbarn, schickte sie mich einmal am Heiligen Abend los, um die beiden zum Essen einzuladen. Nicht dass sie Richard und Johannes besonders mochte, sie ertrug nur den Gedanken nicht, dass die beiden Männer an diesem Abend alleine waren. Sie kamen, und seitdem verbrachten sie jedes Jahr bei uns. Meine Frau verlässt jetzt zu Weihnachten mit meinem Nachbarn den Ort und nimmt auch meine Kinder mit. Ich habe Johannes und Richard trotzdem weiter eingeladen. Es ist dabei geblieben. Am Nachmittag gehe ich bei ihnen vorbei und sage, dass ich eine Gans im Ofen habe, und Richard sagt: «'ne richtige schöne Gans?», und Johannes sagt: «Ja gern. Wir können auch von meinem Wein trinken.» Auch in diesem Jahr beließ ich es dabei und war gespannt, ob sie kommen würden. Sie kamen.

Ich hatte einen Baum gekauft und geschmückt und den Kamin in der Diele beheizt. Ich hätte sie gern nach Marlene gefragt, aber ich habe es gelassen. Sie redeten beide nicht viel. Wir tranken und sahen in das Kaminfeuer und hörten das «Weihnachtsoratorium». Nach Mitternacht waren Johannes' Flaschen geleert, und Richard sagte: «Aber eine können wir doch noch trinken.» Johannes sah ihn an und sagte: «Aber dann trinken wir nichts mehr in deiner Küche», und Richard antwortete: «Du brauchst bei mir nichts mehr zu trinken. Du wirst gar nicht so weit kommen, weil ich dich nämlich draußen zusammenschlagen werde.» Für einen Moment war es still, und dann lachte Richard laut, und Johannes lachte nach einer Weile leise mit. Er ging in meinen Keller und holte noch eine Flasche Wein, und als er sie oben entkorkte, sagte Richard: «Wir sollten unsere Seelen verkaufen», und ich war froh, weil ich wusste, dass jetzt der «Faust» kommen würde.

Als sie Stunden später gingen, stand ich am Fenster und sah ihnen nach. Richard legte seinen Arm um Johannes' Schulter. Das hatte ich noch nie gesehen. So gingen sie den Hafenweg entlang, der eigentlich Parkplatzweg heißen müsste. Ich dachte daran, dass die beiden hierher gekommen sind, und wenn sie irgendwann nicht mehr da sein werden, dann wird von ihnen nichts bleiben außer ein paar Geschichten, die sich die Leute im Ort erzählen. Ich mochte die Leichtigkeit dieses Gedankens, denn ich, ich bin hier geboren.

Morgens

«So fängt ein Morgen an. Genau so fängt ein Morgen an.» Hella stützt sich mit den Ellenbogen auf das Fensterbrett in der Küche. Die Heizung wärmt ihr den Bauch und die Oberschenkel. Kaffeeduft aus der Tasse, die sie zwischen den Händen hält, steigt ihr in die Nase, und sie wischt die Scheibe frei, dort, wo der Dampf sie beschlagen hat. Durch das Dämmerungslicht im Hinterhof kann sie rübersehen, in die Küche unterm Dach des benachbarten Seitenflügels.

Vier Personen sitzen da am Tisch hinter dem Küchenfenster. Die Familie Dreher. Mutter und Tochter links, Vater und Sohn rechts. Schweigend sitzen sie da im hellen Licht der Küchenlampe und sehen durcheinander hindurch, nur die kleine Maria schlägt mit dem Löffel in ihre Müslischale und bewegt die Lippen. Die Mutter streicht ihr über den Kopf, drückt die Hand mit dem Löffel auf den Tisch und sagt etwas. Maria nickt und lacht, wirft dabei den Kopf nach hinten und schlägt, als die Hand frei ist, wieder in die Schale. Die sitzen dort jeden Tag um diese Zeit, weiß Hella. Manchmal hat sie die gesehen, wenn sie nach Hause gekommen ist, mit müdem Blick hat sie rübergesehen, und das gerauchte Gras brannte noch in ihrem Magen. Es brannte, bis sie einschlief.

«Die müssen da nicht sitzen», denkt Hella. Er ist Maler und

erfolglos, und sie ist Graphikerin und beginnt so gegen zehn ein paar Häuser weiter mit der Arbeit. Und doch, die sitzen da jeden Morgen.

Hella sieht auf den Hinterhof, nur ein Kieshaufen hebt sich vom Grau des Bodens ab. Ihr Blick geht nach rechts über die kleine Mauer zum Friedhof. Dunkel liegt er da. Sie sieht die Stämme der Bäume im Dunkeln und die blattlosen Äste, die ineinander gehakt scheinen. Sie mag ihn nicht, den Friedhof, auch nicht im Hellen. Stolz hat ihn Thommy ihr gezeigt, als er sie durch seine Wohnung führte. «Das Größte», sagte er im hinteren Zimmer, das direkt auf den Friedhof hinausgeht, und deutete auf das Fenster. Die Bäume hatten damals auch keine Blätter, und sie hat kurz hinuntergesehen. Die Kronen endeten unter dem Fenster, dazwischen kleine Wege und Grabmale aus Stein, verwittert und abgeschlagen an den Ecken.

Nichts bewegt sich unter den Bäumen. «Mit dem Tod hat diese Geschichte ihren Anfang genommen und mit einem Tod wird sie auch enden», denkt Hella. Sie richtet sich auf und bleibt mit den Beinen an der Heizung stehen. Bei den Drehers wischt der Vater den Frühstückstisch ab. Einmal sieht er kurz rüber. Hella sieht sich selbst in der Scheibe des Fensters – müde, eine Strähne klebt ihr an der Stirn. Sie lässt sie dort und setzt sich an den Küchentisch.

Vor einem Jahr ist Thommys Mutter gestorben, vielleicht wirklich der einzige Mensch, den er geliebt hat, wie er damals sagte. Eine kleine Frau, die nicht gepasst hat in den märkischen Sand. «Die hat F. gehasst jeden Tag», hat Thommy gesagt. «Die Backsteinkirche, das Stadttor, die Stadtmauer und die sehenswerte wald- und seenreiche Umgebung.» Das Wort sehenswert hatte er betont, wie ein Stadtführer. Das war im Langen Kerl in

F. nach der Beerdigung. Thommy hatte sich mit seinem Alten gestritten. Zum letzten Mal. Der wollte die Mutter nicht in Berlin beerdigen lassen, wo sie geboren war. «Was du tust oder lässt ist mir egal. Aber deine Mutter bleibt hier. Sie war dreißig Jahre bei mir, und sie wird es auch bleiben», hatte Thommys Vater gesagt und zwar so, als würde sie noch leben.

«Er hat sie hierher gezerrt, hat sie eingesperrt, und er hat sie hier auch unter die Erde gebracht», sagte Thommy. Wo sie beerdigt werden wollte, wusste niemand. Thommy hat seine Mutter immer nur an den Wochenenden besucht, wenn sein Vater im Krankenhaus arbeitete. Er kam und verschwand für Stunden im Haus seiner Eltern. Später erzählte er Hella, er habe dann mit seiner Mutter geredet.

«Über was denn?», hatte Hella gefragt.

«Na, über alles», antwortete Thommy, und mehr war nicht aus ihm herauszubekommen. Er kam mit einem eierschalfarbenen Mercedes, mit der Taxe, die er in Berlin fuhr. Das Taxischild war abmontiert, und Spreefunk stand auf den Türen. Das sprach sich rum. Immer, blitzschnell. Auch Hella erfuhr es jedes Mal, obwohl sie Thommy gar nicht richtig kannte. Er war ein paar Klassen über ihr in der Schule gewesen.

Sie ging in den Langen Kerl, die Kneipe, in die man geht in F., wenn man wie Hella fünfundzwanzig ist und genau weiß, dass hier alle sitzen, die man kennt. Rainer blieb zu Hause. Rainer blieb immer zu Hause. Das war so. Auch wenn sie ins Kino ging mit Michaela, ihrer Freundin, oder feiern mit ihren Kolleginnen aus dem Blumenladen.

Thommy hielt richtig Hof in der Kneipe. Er saß an einem der runden Tische, um ihn herum alte Freunde und Andy, dem der Lange Kerl gehörte und der mit Thommy zur Schule gegangen war. Andy, der Korkenzieherlocken hatte und der Hella nie sah auf der Straße und immer sehr freundlich war im Blumenladen. Thommy schmiss eine Runde nach der anderen und sagte jedes Mal: «Auf meine tote Mutter und auf diese Scheißstadt», und alle lachten. Auch Hella lachte.

Die Nacht taumelte. Leere weggerückte Stühle. Leere runde Holztische mit vollen Aschenbechern. Nur noch Musik, keine Stimmen mehr und Andy, Korkenzieherandy, räumte die Tische ab und stellte die Stühle hoch. Und Thommys Gesicht ganz dicht vor ihrem. Er hielt Hellas Hand, und Andy sagte: «Das war's, ihr beiden Hübschen.»

«Komm, wir fahren», sagte Thommy zu ihr. Hella stieg mit ihm in den Mercedes, den eierschalfarbenen Mercedes. Sie wollte nochmal nach Hause. Thommy hielt vor ihrem Haus. «Ich warte», sagte er. Hella stieg aus, griff nach der Gartentür und blieb stehen. Sie sah das Haus an. Nur in der Küche brannte noch Licht, wie immer, wenn sie ausgegangen war. Rainer würde schon schlafen und im Zimmer daneben würde Lea schlafen. Vielleicht hatte sie sich inzwischen auch zu ihrem Vater ins Bett gelegt. Im Halbschlaf, ihren Teddy an einem Arm hinter sich herziehend, kam sie dann ins Schlafzimmer und legte sich ans Fußende des Bettes.

Hella wusste nicht, was sie einpacken sollte. Sie hatte immer noch den kalten, runden Griff der Gartentür in der Hand und zog sie wieder zu. Schnell ging sie zum Mercedes zurück, Thommy drehte sich eine Zigarette und guckte fragend. Hella nahm ihm die Zigarette aus der Hand, ließ sich auf den Beifahrersitz fallen und sagte: «Los. Fahr los.»

Vorbei am Stadttor, vorbei am Blumenladen, in dem es gerade gelbe Rosen gab, mit einem leichten Zitronengeruch, das Ortsausgangsschild, Kopfsteinpflaster, dann Asphalt. Hella schien es, als hätte sie im Rückspiegel Rainers und Leas Kopf im Küchenfenster gesehen, aber sie wusste, dass es nicht sein konnte. Sie legte ihre Stirn an Thommys Schulter, und der stoppte den Wagen und küsste sie, und seine rechte Hand streichelte ihre Brüste. Das gefiel ihr. In Oranienburg hielt er vor einem Hotel, und sie schliefen miteinander. Das gefiel ihr auch.

Die Kinder der Drehers gegenüber tragen Jacken und Mützen. Sie sind fertig für Schule und Kindergarten. Die Mutter küsst beide, und der Vater verschwindet mit ihnen. Das Morgenlicht gibt den Friedhofsbäumen ihre Konturen.

Hellas Mutter fand sie nach einer Woche. Schweigend saßen sie in der Küche. Thommy war zum Glück mit der Taxe unterwegs. «Und nun, Mädchen, was soll nun werden?», fragte ihre Mutter immer wieder. Einmal rief Hella ihre Freundin Michaela an. Hella wollte sie sehen und sagte nur: «Ich weiß es nicht», in den Hörer. Rainer meldete sich nicht. Sie widerstand der Versuchung, ihn anzurufen. «Ich muss zur Arbeit, Mama», hatte sie gesagt und ihre Mutter zur U-Bahn gebracht. «Melde dich wenigstens mal», sagte ihre Mutter. Sie würde weinen in der U-Bahn, wusste Hella und ging ins Café Wasserwerk. Sie trug Bier an die Tische, wechselte Kerzen aus, fragte: «Wisst ihr schon, was ihr wollt?», und leerte die Spülmaschine. Um Mitternacht kam Thommy. Er setzte sich an den Tresen und trank einen Kaffee. Sie stand daneben, aufgestützt und rauchend. Er griff nach ihrem Nacken, küsste sie und verschwand wieder. Um zwei kam er zurück und fuhr sie nach Hause. «Schlaf du schön», sagte er und fuhr noch Stunden weiter.

Sie mochte es, wenn sie allein war in der Wohnung. Der Friedhof unsichtbar vor dem Fenster. Kein Licht mehr in den anderen Wohnungen, nur im Erdgeschoss flimmerte ein Fernseher, jede Nacht.

Oft ging sie nach der Arbeit in die Fabrik, eine Kellerbar. Thommys Freunde saßen dort mit einer Regelmäßigkeit, die ihr gut tat. Hier gab es keine Tische, nur einen Tresen mit ein paar Hockern davor. Da sitzen sie, wie die Hühner auf der Stange, dachte Hella. Mark, der vor Jahren mit Thommy aus F. nach Berlin gekommen war und der langsam war im Denken, und Tobias Frenzen, den alle nur Frenzen nannten. Mark machte nichts den ganzen Tag. «Warten, dass die Stütze kommt, dann trinken 'ne Woche und wieder warten, dass die Stütze kommt», sagte er nur. Was Frenzen machte, wusste niemand. Die Nächte waren lang in der Fabrik. Thommy kam gegen Morgen, und sie tranken und rauchten Gras, bis es sie schüttelte vor Lachen. Dann ließ sie sich fahren mit der Taxe, die Schönhauser Allee runter bis zur Torstraße und später die Prenzlauer Allee wieder hoch und nach Hause. Das Auto war warm und verraucht, und Thommy fuhr sie jedes Mal, ohne zu fragen. In der Fabrik kamen sie auch das erste Mal auf das Ding zu sprechen. «Mensch, alles voller Banken. Das macht mich ganz verrückt. Ist doch so einfach. Skimützen auf und Knarren raus und Geld in die Tüte und ab durch die Mitte», sagte Mark, und Hella sah ihn an. «Und dann», fragte Thommy, «Palmenstrand oder was?»

«Oder Antarktis oder was auch immer. Hier sitzen und brav bezahlen zum Beispiel. Bing, bing, bing», sagte Mark und zählte unsichtbare Geldscheine auf den Tisch. Und Hella sagte: «Ja, genau» und sah Thommy an, der die Hände hob: «Wenn ihr meint.» Nur Frenzen lachte. «Wenn ihr drei hier 'ne Bank überfallt, dann brauchen die Bullen nicht mal 'ne Personenbeschreibung. Die kommen gleich hierher und lochen euch ein.»

Mark besorgte die Pistolen. Drei Stück. Zwei vollautomatische und einen alten Trommelrevolver für Hella. «'n richtiger Ladycolt», sagte Mark und erzählte nicht, woher er sie hatte. Dann gingen sie schießen üben in einer alten Kiesgrube vor der Stadt. Mark stellte fünf Bierdosen auf einen Holzbalken, und dann schossen sie nacheinander, ohne zu reden. Hella traf die Büchsen bald in der Mitte, sodass sie nach hinten wegrutschten ohne sich zu drehen.

Das war im Februar. Weihnachten lag hinter ihnen. Da war Hellas Mutter dreimal auf dem Anrufbeantworter gewesen. Sie hatte nicht zurückgerufen und war im Bett geblieben, als Thommy und die anderen trinken gehen wollten am Heiligen Abend. «Ausbaldowern», sagte Mark. «Wir müssen die Bank gut ausbaldowern.» Sein rundes Gesicht glühte, wenn er von dem Ding sprach. Auch seine Segelohren waren dann rot, und Frenzen sagte: «Die Dinger stehen auch noch unter 'ner Skimütze ab.»

Hella sieht für einen kurzen Moment die Eingangstür der Drehers. Wie auf einer Bühne spielt sich dort der Morgen ab. Bernd Dreher kehrt zurück, ohne seine Kinder. Er setzt sich an den Küchentisch und raucht. Um den Hals einen braunen Schal, und auch die Jacke hat er noch an. Langsam dreht er den Kopf, sagt etwas in Richtung Flur. Er schaut lange auf seine Zigarette und sieht dann Hella an. Lächelnd nickt er ihr zu und hebt die Hand mit der Zigarette in ihre Richtung. Auch Hella nickt. Sie steht auf. Dieses Grüßen ist ihr zu viel Kommunikation. Im Nebenzimmer zieht sie die oberste Schublade der Kommode auf. «Blödsinn» steht dort im Staub. Thommys Handschrift. Hella nimmt den Revolver, der in ein grünes Seidentuch eingewickelt ist, den Ladycolt, und geht zurück in die Küche. Sie legt ihn auf den Küchentisch und setzt sich mit dem Rücken zum Fenster.

Thommy hat sie nie gefragt. Nicht nach Rainer und Lea oder warum sie bei ihm ist oder wie lange sie bleiben will. Nur einmal fragte er, ob sie mit nach F. fahren will. Er wollte zum Grab seiner Mutter, als es Frühling wurde. Hella fuhr nicht mit nach F., und sie fuhr auch nicht mit den Jungs an die Seen, als es wärmer wurde, nicht in die Schorfheide, nicht nach Rheinsberg. Sie blieb dann allein in der Wohnung. Fotos kamen ihr in den Sinn, und sie war froh, keine mitgenommen zu haben. Sie haben in diesem einen Jahr nichts so ernsthaft betrieben wie das Ausbaldowern der Banken, wochenlang. Mark fand zwei, die absolut gleich waren. «Testfall und Ernstfall», sagte er. Er kam morgens um neun, und während Hella noch im Bett lag, bereiteten Mark und Thommy das Frühstück vor. Sie fuhren mit der Taxe zu den Banken und standen Stunden davor. Mark saß hinten und notierte mit einem Eifer, der Hella faszinierte, jede Bewegung in der Bank.

Er schrieb Worte wie Kundenverkehr, Geldboten und Schließzeiten in ein grünes Oktavheft. Thommy sah rauchend aus dem Fenster, und Hella beobachtete abwechselnd die Bank und Mark. Die Bank in Pankow schied aus, sie entschieden sich für die im Wedding.

«In Westbanken ist einfach mehr Geld, würde ich mal sagen», sagte Mark. «Der Mittwoch, wenn die um drei schließen, das ist der Tag. Ihr geht rein, und ich warte im Auto vor der Tür. Die lassen die Rollos runter, und wenn das der kleine Rothaarige macht, schließt er erst zum Schluss die Tür ab. Tür auf, dem Rothaarigen gleich mal ein paar in die Fresse und dann schwuppdiwupp», sagte Mark abends in der Fabrik. Er wurde immer aufgeregter. Hella wollte ihn da rauslassen, und Thommy sagte im Taxi: «Er ist mein Freund.»

Einmal, kurz vor drei, gingen sie in die Bank. Mark wollte wissen, was hinter den heruntergelassenen Rollos passierte. Langsam gingen sie durch den Vorraum, in dem die EC-Automaten und Kontoauszugsdrucker standen, vorbei an der Kasse hinter Panzerglas, in die man nur vom Schalterraum aus kam. Dort grauer Fußbodenbelag. Hella setzte sich auf einen Schwingstuhl und ließ sich von einer kleinen schwarzhaarigen Frau beraten. Thommy stellte sich an ein Stehpult und füllte Überweisungsformulare aus, die er später wegwarf. «Ich möchte ein Konto eröffnen», sagte Hella. Sie fühlte den Revolver in der Manteltasche. «Ein Girokonto?», fragte die Schwarzhaarige, und Hella sagte: «Nein, ein Geschäftskonto. Ich führe einen Blumenladen.» Sie spürte, dass Thommy hinter ihr stand. Als die Bankangestellte die Formulare holte, griff Hella in die Manteltasche. Sie umklammerte den Revolver und sagte: «Wir sollten es jetzt tun.» Ein paar der Bankangestellten hatten den Schalterraum verlassen, offensichtlich um essen zu gehen. Drei andere saßen hinter ihren Schreibtischen. Die Tür war verschlossen. Der Schlüssel steckte noch, um sie später rauszulassen. Thommy schüttelte den Kopf. Hella griff nach den Formularen, die ihr die Schwarzhaarige entgegenhielt, und sagte: «Ich lese das zu Hause und melde mich wieder.» Sie hätte der Frau gern den Ladycolt an die Stirn gesetzt und gesagt: «So sieht es aus.»

Frau Dreher trägt einen hellen Mantel. Sie greift sich in den Nacken und zieht die Haare aus dem Kragen. Hastig zieht sie an einer Zigarette und drückt sie im Aschenbecher auf dem Küchentisch aus. Sie ruft etwas in den für Hella nicht sichtbaren Teil der Wohnung und geht.

Der Anruf kam gestern am Nachmittag. Thommy schlief noch, und Hella las die Zeitung im Bett. Sie ließ den Anrufbeantworter angehen, doch Thommy griff nach dem Hörer, bevor jemand draufsprach. Er rutschte an der Wand hoch und hielt sich zwei Finger an den Mund. Hella zündete eine Zigarette an und steckte sie ihm zwischen die Lippen. Sein Gesicht war weich vom Schlaf und warm. Er sagte: «Ich komme sofort», legte den Hörer auf und ging ins Bad. «Was passiert?», fragte Hella, und er lachte, während er seinen Pullover anzog. «Wirst schon sehen», sagte Thommy. «Ich komme so gegen zwölf in die Fabrik.»

«Aber du musst doch arbeiten», rief Hella ihm nach. «Auf einen Kaffee», hörte sie, und dann hörte sie die Tür zufallen.

Frenzen war still in der Fabrik. Er ließ Mark über Fluchtpläne schwadronieren, und weil Hella auch nichts sagte, schwieg irgendwann auch Mark. Das Licht einer Laterne fiel durch die Kellerfenster auf Frenzen. Hager saß er da, das Gesicht mit der schmalen spitzen Nase in die rechte Hand gestützt. Ab und zu trank er von seinem Wein oder schenkte Hella und Mark nach. Dabei sah er Hella an.

Um halb zwölf kam Thommy. Er setzte sich auf einen Barhocker und sah alle drei nacheinander an. Dann rief er zu Andreas, dem Tresenmann: «Vier Wodka, mit Zitrone, und ’nen Kaffee.» Er nahm eins der Gläser, obwohl er nie trank, wenn er arbeitete, und sagte: «Auf die Zukunft. Bing, bing, bing.» Er zählte imaginäre Scheine auf den Tresen, wie Mark vor Monaten. «Wie viel ist offen?», fragte er Andreas.

«220 bei dir und 265 bei Mark», sagte Andreas. Thommy schob ihm einen Fünfhundertmarkschein über den Tresen und sagte: «Und Palmenstrand und Antarktis, was auch immer.»

Hella sah ihn an, und Mark griff nach dem roten Schein, drehte ihn und sagte: «Was jetzt?» Frenzen goss Wein nach. «Mein Onkel», sagte Thommy. «Mein schwuler Onkel Klaus aus Zehlendorf ist tot umgefallen. Keine Kinder, keine Erben. Seine Schwester, die lieber nach F. gezogen ist damals, statt die Seiten zu wechseln wie er, ist tot. Er hatte nur noch mich. Rechtlich gesehen.» Er sah in die Runde. «Häuser, Aktien, Bargeld, die Villa in Zehlendorf, das Häuschen auf Mallorca. Gehört alles mir. Und seinen Vermögensverwalter hat er mir gleich mitvererbt.»

«Yes», sagte Mark und lachte blödsinnig.

«Und die Bank?», fragte Hella. Thommy zog sie an sich und küsste sie: «Vergiss sie. Ich habe eine Bank geerbt, da brauchen wir doch keine auszurauben, Baby.»

Baby hatte er noch nie zu ihr gesagt. «Yes», sagte Mark nochmal, und Thommy trank den Rest seines Wodkas: «Auf Klausi-Mausi.» Er warf einen Hundertmarkschein auf den Tresen und ging. «Letzte Fahrt, und morgen kaufe ich die Karre. Bis nachher», sagte er und trat beim Rausgehen die Tür auf.

Frenzen trank sein Glas leer, seine Nase stieß dabei gegen den Rand. «Tschüs», sagte er und strich Hella über den Rücken. Sie sah seine dünnen Beine vor dem Fenster und griff nach ihrem Mantel. Mark strich mit der Hand über den Geldschein. Hella sagte «Mensch» und ging nach draußen. Kalt war es, und das Kopfsteinpflaster glänzte, der Himmel tief und verhangen. Sie lief Frenzen hinterher und holte ihn vor seiner Haustür ein. Sie küsste ihn im Hausflur und ging mit ihm in seine Wohnung. Frenzen machte kein Licht.

Die Wohnung bestand nur aus einem Zimmer und der Küche, in der tonlos der Fernseher lief und das Radio spielte. Frenzen warf seine Jacke in den kleinen Flur und verschwand im Zimmer. Hella zündete sich eine Zigarette an, setzte sich vor den Fernseher und sah Bilder von Überschwemmungsgebieten aus Süddeutschland. Menschen in Booten, Bäume, die bis zu den Wipfeln versunken waren, und einen Reporter in Gummihosen, der in die Kamera sprach. Im Radio lief klassische Musik. Später zog sie sich aus und legte sich zu Frenzen. Der lag mit dem Gesicht zur Wand und schien zu schlafen. Hella drückte ihren Rücken an seinen. Sie hörte ihn gleichmäßig atmen und lag wach. Nach drei Stunden zog sie sich an und ging. In der Wohnung von Frenzen gab es keine Bilder oder Fotos an den Wänden, nichts, was auf ein Leben hindeutete, jetzt oder früher. Sie lief zu Fuß nach Hause. Im Hof blieb sie stehen und sah in das Parterrezimmer, in dem wie immer der Fernseher lief. Männerfüße in schwarzen Socken lagen auf einem umgedrehten Bierkasten. Auf dem Bildschirm fuhr eine S-Bahn durch Berlin.

«Diesmal brauche ich nichts mitzunehmen», denkt Hella. «Gehen, einfach zurückgehen.» Sie wickelt den Revolver aus dem grünen Tuch und geht zu Thommy ins Schlafzimmer. Er liegt da mit offenem Mund, wie jeden Morgen. Sie schiebt langsam den Lauf des Revolvers in seinen Mund und sagt: «Aufstehen.» Thommy lächelt mit geschlossenen Augen und sagt: «Nö», wie jeden Morgen, was sich anhört wie «Ngöö» wegen des Revolvers. Hella drückt ab, und der Revolver klickt leise. Thommy reißt die Augen auf und sagt: «Bist du bescheuert?» Hella lässt den Revolver los, und der Lauf schlägt Thommy gegen die Zähne und fällt auf den Boden. Sie verlässt das Zimmer. Thommy steht auf und geht ihr nach. Er tastet seine Zähne ab, und Blut mischt sich mit dem Metallgeschmack, den er im Mund hat. In der Küche hat Hella den Kopf mit geschlossenen Augen auf den Tisch gelegt. Gegenüber brennt immer noch das Licht.

Zu wenig Wasser, dort wo du lebst

Die Karte kam zwei Wochen vor dem Anruf. Ich habe sie nicht richtig ernst genommen, obwohl es schon merkwürdig war. Aber das war ja nichts Besonderes bei Karl. Sie sah aus wie eine Postkarte, ein bisschen größer vielleicht. Ein Stück Karton mit Papier überklebt, grau grundiert und darauf zwei Fische mit Buntstiften gemalt. Sehr ordentlich, wie in einem dieser alten Lexika. Ein Stör und ein Thunfisch. Nur die Farben hauten nicht hin. Der Stör war grün mit einem gelben Bauch und der Thunfisch rot mit einem fast violetten Rücken. Aber das war sicher so gewollt, das passte zu Karl. Es stand nichts auf der Karte außer meinem Namen und der Adresse. Ich habe mich sogar gefreut, als sie kam, auch darüber, dass er wohl wieder malte. Das tat er schon seit Jahren nicht mehr.

Und dann kam dieser Anruf. Meine Frau hielt mir den Hörer hin, bedeckte die untere Muschel mit der Hand und zog die Schultern hoch. Wir waren in der Küche. Sie machte das Abendbrot für uns beide, und ich saß am Küchentisch, trank ein Bier und sah ihr zu. Wie sie den Salat wusch und klein zupfte, das Dressing zusammenrührte und die Schüssel auf den Tisch stellte. Wir schwiegen, und draußen war es dunkel. Die Kinder schliefen schon. Dann klingelte das Telefon.

Sie sagte: «Hier ist Betty.» Das muss man sich mal vorstellen,

Sie nannte sich selbst Betty, so wie Karl es tat. «Hallo Betty, wie geht's?» «Er ist weg, Charly», sagte sie und schluchzte dabei. Machte so ein glucksendes Geräusch. Ich sah sie vor mir, diese große dicke Frau mit einem talgigen Gesicht und den dünnen Haaren. Mich fror, wenn ich an sie dachte. Ich sah, wie meine Frau das Brot schnitt, in ihren Jeans und einem blauen Pullover, unter dem man ab und zu ihren Bauch sehen konnte, straff und weiß, trotz der zwei Kinder. «Wer ist weg, Betty?» «Karl, Charly, Karl ist weg.» «Wieso ist er weg? Wo ist er hin?» «Ich weiß es nicht, Charly. Ich weiß es nicht. Er ist weg, einfach weg.» «Seit wann? Hat er was gesagt?» «Nein, er hat nichts gesagt. Das Auto ist da und alle seine Sachen. Nur er ist weg.» «Und seine Angeln? Vielleicht ist er Fischen?», sagte ich und dachte im gleichen Moment, was für einen Unsinn ich da rede. «Es ist schon zwei Wochen her. Ich glaube nicht, dass er zwei Wochen fischen ist.» «Nein, du hast Recht.»

Sie bat mich zu kommen. Ich hatte keine Lust, aber irgendwie fühlte ich mich auch komisch. Und dann musste ich an diese Karte denken, mit dem grünen Stör und dem roten Thun. Ich sagte, dass ich am Wochenende kommen würde und dass sie anrufen sollte, falls Karl wieder auftaucht. Dann legte ich auf und aß mit meiner Frau zu Abend. Sie fragte, was denn sei, und ich zog die Schultern hoch und sagte: «Karl ist verschwunden. Werd mal am Wochenende hochfahren.» Wir sagten dann nichts mehr und aßen. Und dann ging ich raus und rauchte noch eine Zigarette. Es war still draußen, und die Sterne waren klar über den Bergen. Ohne Mond. Die Luft drang mir kalt durch die Sachen. Ich rauchte zwei Zigaretten hintereinander, ging wieder hinein und sah mit meiner Frau fern bis Mitternacht.

Am Samstag packte ich meine Sachen sehr früh in den Passat

und überlegte, ob ich die Angeln mitnehmen sollte, die in einem Regal in der Garage lagen. Aber wozu, wenn Karl nicht da war. Ich würde wohl kaum mit Betty angeln gehen. Ich musste lachen bei dem Gedanken, bei der Vorstellung, mit dieser dicken, unförmigen Frau auf Campinghockern am See zu sitzen und zu fischen. Meine Frau kam raus und sah zu, wie ich die Sachen zusammenkramte. Sie stand neben mir und rauchte. Zum Glück hatte sie nicht gefragt, ob sie mitkommen soll. Ich wollte sie nicht dabeihaben, und eigentlich kam sie nie mit, wenn ich hoch zu Karl fuhr, zweimal im Jahr, um zu fischen eine Woche lang. Es war unsinnig loszufahren, 700 Kilometer an einem Tag und am nächsten wieder zurück, und wenn er wirklich weg war, wie Betty sagte, was sollte ich dann tun? Ich hatte keine Ahnung, wo er war, und die Tatsache, dass ich in dieses Kaff fuhr, änderte auch nichts daran. Aber ich war trotzdem irgendwie gespannt, nervös. Vielleicht hatte er eine Spur hinterlassen. Er war noch nie verschwunden. Seit Jahren war er aus seinem Kaff kaum noch herausgekommen, seitdem er mit Betty verheiratet war und mit ihr und den Kindern dort auf dem Hof lebte. Wo sollte er also hin sein? Noch dazu ohne Auto? Ich küsste meine Frau und sagte: «Ich ruf dich an, wenn ich da bin. Bin morgen zurück.» Und sie nickte und hob die Hand mit der Zigarette, als ich losfuhr.

Ich fuhr durch diese hügelige süddeutsche Landschaft. Der Herbst ging in den Winter über. Keine Blätter mehr an den Bäumen. Die typischen rundlichen Kirchen in der Dorfmitte reckten ihre Zwiebeltürme in den grauen, verregneten Himmel. Die Scheibenwischer arbeiteten regelmäßig. Das ist eine Zeit, wo viele verrückt werden und Schluss machen. Ich schob den Gedanken beiseite, das passte nicht zu Karl. Ich suchte einen neuen Radiosender, verstellte ihn wieder und schaltete das Radio dann aus. Ich konnte mich nicht entscheiden, was ich hören wollte, also hörte ich nichts, rauchte und fuhr.

Am Hermsdorfer Kreuz kam ich in einen Stau, zwei Stunden lang. Zwischen diesem Kuppeln, Schalten, Gasgeben hatte ich genug Zeit, um nachzudenken. Um an früher zu denken, an Karls große Zeit. Wir waren vier. Er hatte uns zusammengestellt wie eine Band. Karl, Charly, Tom-Tom und Harry. Oder Karsten, Christian, Thomas und Harald. Er gab uns diese Namen, obwohl wir zu alt waren für so etwas. Aber ihm gefiel das Amerikanische daran, und wir ließen uns von ihm umtaufen. Wir kamen alle aus Käffern in Brandenburg, kannten uns vielleicht vom Sehen. Aus der Disko oder von verschiedenen Rummelplätzen, vom Rumhängen an den Autoscootern. Kennen ist zu viel gesagt, wir hatten uns schon mal gesehen. Und Ende der Achtziger sind wir alle zum Studieren nach Berlin. Karl riss diese Wohnung auf und fragte uns nacheinander auf den Fluren der Universität, ob wir bei ihm einziehen wollten. Er muss uns vorher richtig beobachtet haben. Klar wollten wir.

Wohnungen waren damals schwer zu bekommen, und er hatte eine Wohnung mit vier Zimmern und einer Riesenküche. Also zogen wir ein und bekamen diese Namen. Tom-Tom studierte Medizin. Er war der Erste, der Karl verließ. Noch vor dem Staatsexamen zog er aus, und sein Zimmer blieb leer. Harry ist Anwalt geworden und trug tapfer seine grauen Sakkos zu den Jeans, aber irgendwann verschwand er auch, und ich war der Letzte. Ich hatte Philosophie studiert, promoviert und nahm dann das Angebot einer süddeutschen Marketing-Agentur an, die jemanden suchte, der redegewandt ist. Vielleicht ein Jahr lang habe ich noch mit Karl allein zusammengewohnt. Er war immer in irgendwelchen Fächern eingetragen, machte aber eigentlich gar nichts. Unten im Haus war ein Copy-Shop, und er wartete ihre Computer und Geräte und brachte ihnen regelmäßig Viren auf die Festplatten. Streute sie so über das ganze Viertel. Immer wieder neue. Er ging da einmal die Woche hin und löschte die alten Viren und installierte manchmal die neuen, die er vorher in unserer Wohnung zusammengebastelt hatte. Es waren keine bösartigen Viren, nur solche, die zu einer bestimmten Zeit eine Country-Melodie spielten oder eine nackte Frau über den Bildschirm schickten.

Die Typen in dem Laden waren immer ganz verzweifelt und hatten zum Glück keine Ahnung von Computern. «Das muss ein Stammkunde sein», sagte Karl zu dem Besitzer. «Ihr müsst die Leute, die regelmäßig kommen, beobachten.» Und der nickte und legte sich wirklich auf die Lauer. Aber sie waren zufrieden mit Karl, weil der immer alle Viren beseitigte, was ja auch kein Wunder war. Manchmal saß er stundenlang daran, so ein Ding zu programmieren.

«Warum machst du das eigentlich?», fragte ich ihn einmal, und er sagte: «Weil es lustig ist, Mann», und lachte. Am schönsten war es für ihn, wenn der Virus zurückkam, also wenn Tom-Tom, Harry oder ich uns zufällig einen von ihm erschaffenen Virus einfingen. Was ab und zu passierte. Er löschte ihn dann und strahlte.

Er hatte noch ein paar andere Jobs, legale und illegale. Aber meistens schlief er ewig lang und saß dann in der Küche rum mit Kaffee und Zigaretten. Oder Bier. Organisierte Partys und schleppte irgendwelche Leute an, drehte Joints und die Musik lauter, und das ging bis zum nächsten Morgen. Ich glaube auch, dass Tom-Tom das zu viel wurde. Dass er deswegen als Erster die Biege machte.

Wir anderen hatten Freundinnen. Über mehrere Jahre, meine ich. Karl hatte auch Mädchen. Sie blieben immer gleich alt. So Anfang zwanzig. Liefen ihm ein paar Wochen wie Hündchen nach und verschwanden dann wieder. Meistens sahen sie ziemlich gut aus. Und dann fiel mir Betty wieder ein, während ich auf die roten Bremslichter vor mir starrte. Diese Mädchen und dann diese Frau. Mein Gott.

Karl malte auch. Manchmal, nicht sehr oft, aber regelmäßig. In seinem Zimmer stand immer eine Leinwand, meistens halb fertig gemalt. Abstrakt, eigentlich hat er nur Farbe daraufgespachtelt. Zwei Töne vielleicht. Blau und Schwarz zum Beispiel. Er hatte eine richtige blau-schwarze Phase. Ein paar seiner Werke hingen in der Wohnung, aber die meisten verschenkte er an die Mädchen. In den ersten Tagen, wenn sie kamen, zogen sie irgendwann mit so einem Bild ab.

Dann kam mein Auszug, und vielleicht hat ihm das doch das Genick gebrochen. Ich weiß nicht, vielleicht hatte ich das damals zu leicht genommen. Aber es war doch auch klar. Wir konnten nicht ewig so weitermachen. Die Agentur bezahlte meinen Umzug, und Karl half mir und den Packern, das Zeug runterzuschleppen. Wir waren erledigt, als der Möbelwagen endlich abfuhr. Es war Freitag, ich wollte noch das Wochenende bleiben, und er füllte mich natürlich an diesem Abend ab. Wir saßen in unserer Stammkneipe und soffen Mai Tais bis zum Umfallen. Ich kann mich nicht mehr erinnern, wie dieser Abend zu Ende ging, aber er muss mich in die Wohnung zurückgeschleppt haben.

Am nächsten Tag erwachte ich in Tom-Toms altem Zimmer auf der Besuchermatratze. In diesem völlig leeren, hohen Zimmer. Karl weckte mich. Hockte mit einer Tasse Kaffee und zwei Aspirin in der Hand neben mir und rauchte schon wieder. Mir war übel, und ich nahm die Tabletten und den Kaffee und wurde langsam wach. «Komm, Kleiner», sagte er. «Wir müssen zu Nordmann. Wir haben einen Job.» «Was für einen Job, Karl?», fragte ich. «Ich muss morgen da runter. Was denn für einen Job?» Nordmann war der Schrauber, der die ganzen Jahre über unsere Autos repariert hatte. Das heißt, reparieren ließ. Ein großer dicker Kerl, der seine Werkstatt in den Garagen auf einem Hinterhof hatte und sein Büro im Souterrain des Hauses. Wann immer wir dort hinkamen, lag er da auf einer alten Ledercouch mit einer fetten schwarzen Katze auf dem Bauch und döste. Aber die Schlosser, die er hatte, waren großartig. Kleine flinke Kerle in roten öligen Latzhosen, auf denen «Nordmann» stand. In seinen Garagen gab es alles für ein paar Mark. Ein Originalradio für einen Käfer Baujahr 78 oder ein weißes Lenkrad für einen Strichachter.

Karl holte manchmal Gebrauchtwagen für ihn aus Westdeutschland oder brachte sie dorthin. Nordmann hatte viele Kontakte überallhin. Und er zahlte ganz gut, und manchmal, wenn es mehrere Autos auf einmal waren, hatte ich Karl geholfen. «Komm schon», sagte Karl. «Ist doch das letzte Mal. Zwei Benze nach Kassel, das geht doch ratzfatz. Zweihundert plus Rückfahrkarte für jeden?» Bei dem Gehalt, das ich in der folgenden Woche in Süddeutschland bekommen sollte, war das plötzlich ein Witz. Aber Karl sah so fröhlich aus, wie ein Kind, wie ein großer Junge.

Nordmann kam sogar aus seinem Keller. Er gab uns auf dem Hof die Schlüssel. Es waren zwei 190er, vielleicht acht Jahre alt. Ein blauer Automatik und ein roter mit Schaltgetriebe. Weiß der Teufel, warum er 500 Mark dafür ausgab, damit sie nach Kassel kamen. Karl fuhr mit dem Automatik wie ein Irrer, und ich hatte Schwierigkeiten, ihm zu folgen. Kurz vor Braunschweig fuhr er von der Autobahn und hielt am Straßenrand. Es war ein heißer Sommertag. «Was ist los?», fragte ich. «Wir fahren an einen See», sagte er. «Ich guck schnell auf der Karte.» Wir sollten bis fünf Uhr da sein, und ich wollte es eigentlich hinter mich bringen. Aber ich war müde und hatte immer noch Kopfschmerzen vom Abend davor, also legten wir uns an so eine Art Baggersee, der völlig überfüllt war. Karl fand einen Platz im Schatten, und wir lagen da, dösten, badeten und rauchten, und er nahm irgendwann sein Handy und verschwand. Als er wiederkam, sagte er: «Ich hab dem gesagt, wir haben einen Motorschaden und dass ich es hinkriege. Er soll uns ein Hotel besorgen.» «Warum das, Karl? Mensch, ich muss morgen da runter, und Kathrin ist schon da. Warum sollen wir denn in Kassel schlafen?» «Weil es lustig ist, Mann», sagte er.

Wir waren um neun in Kassel, und der Typ, dem wir die Autos brachten, war froh, dass er die Karren heil auf dem Hof hatte. Karl tischte ihm ein Märchen vom kaputten Vergaser auf. Der Typ sah genauso illegal aus wie Nordmann. Und so sah auch das Hotel aus. Eine kleine Bude in der Innenstadt, die wie ein Puff wirkte. Wir gingen in ein indisches Restaurant, und Karl füllte mich wieder ab. Mit Bier und Aquavit dieses Mal. Im Hotel tranken wir noch den Kühlschrank leer, obwohl ich nicht mehr wollte, aber er nutzte mein schlechtes Gewissen, das ich absurderweise wegen des Auszugs hatte, gnadenlos aus. Wir saßen da auf dem Fußboden in diesem grauenhaften Zimmer und tranken erst das Bier und dann den Wein aus der Minibar, und da sprach Karl davon, dass er wegwollte. Nach Tibet, glaube ich. «Da soll es Kiff geben, der fünf Meter hoch wächst. Habe ich in einer Zeitschrift gelesen.» Er hielt die Zigarette dabei wie ein Messer. Das war natürlich Quatsch, aber als mich am nächsten Morgen die Lady von der Rezeption telefonisch weckte und Karl nicht mehr da war, habe ich kurz Angst bekommen. Er saß dann allerdings in der Lobby oder was die dort dafür hielten und trank Kaffee. Aber für einen Moment hatte ich wirklich Angst gehabt, dass er nicht mehr da ist. Während ich meine Sachen zusammenraffte, sah ich ihn durch einen Urwald von riesigen Kiffpflanzen gehen. Vielleicht war das auch der Grund, warum ich am Hermsdorfer Kreuz im Stau stand.

Als der sich auflöste, hatte ich genug. Ich schob diese Gedanken fort und drehte das Radio laut und sang das Durcheinander, das sie dort spielten, mit. Das Tageslicht blieb gleich, das graue Licht lag über der flacher werdenden Landschaft und ging irgendwann in die Dunkelheit über, ohne dass man es wirklich registrierte.

Betty hatte Kaffee gekocht. Ich trank schon die dritte Tasse, dann Bier und wurde nicht schlau aus dem, was sie erzählte. Ich kannte sie kaum. Karl war einmal mit ihr bei uns in Süddeutschland gewesen. Damals ging sie immer schweigend neben ihm her und hielt sich an ihrer Handtasche fest, als wir unseren Hausberg bestiegen oder an den See gingen, der klein und versteckt zwanzig Minuten von unserem Haus entfernt im Wald lag. Karl sah ihn verächtlich an und sagte bei der Abfahrt: «Zu wenig Wasser, dort wo du lebst.»

Er war konsequent in dem, was er tat, nachdem ich ausgezogen war, das muss man ihm lassen. Er zog in sein Heimatdorf zurück und kaufte diesen verfallenen Backsteinhof am Ortsrand. Richtete ihn mit dem Geld seines Vaters her und heiratete Bettina, die er angeblich schon seit zwanzig Jahren kannte. Er hatte sie umgetauft, so wie er mich, Tom-Tom und Harry umtaufte. Er kümmerte sich um ihren Sohn, und dann bekamen sie noch ein gemeinsames Kind. In einer Schlosserei im Dorf fand er einen Job. Sein Chef wollte niemanden einstellen, aber Karl überzeugte ihn in wenigen Tagen, dass er doch jemanden brauchte. Sie arbeiteten hauptsächlich für die Wasserwerke. Wie er früher die Computer wartete, reparierte er jetzt Pumpen und verlegte Rohre. Nur dass er keine Viren mehr einbaute. Es war schön, ihn zu beobachten, wenn er die Dichtungen in einer Pumpe wechselte oder die Rohre mit Hanf abdichtete. Er hatte wirklich goldene Hände. Ich habe ihm damals mein Büro nicht gezeigt. Was hätte er dort sehen sollen? Meinen Schreibtisch oder meinen Klassik hörenden Chef?

Betty schwieg jetzt, und vor dem Fenster lagen dunkel die Felder. Auch sie gehörten Karl, aber er hatte sie an einen holländischen Gemüsebauern verpachtet. Nur den Garten behielt er für sich. Dort hatte er einen Ofen aufgestellt, in dem wir die Fische räucherten, die wir fingen, wenn ich ihn besuchte. «Lass uns schlafen gehen. Wir sehen morgen weiter», sagte ich zu Betty. Was wir sehen wollten, wusste ich immer noch nicht. Sie nickte, und ihr rundes Gesicht leuchtete wie der Mond. Ich ging vor die Tür und rauchte dort noch eine Zigarette, wie zu Hause.

«Hat er eigentlich noch gekifft?», fragte ich Betty am nächsten Morgen. Ich musste an diese Nacht im Hotel denken. «Am Anfang ja», sagte sie. «Er hat das Zeug sogar selber angebaut. Hinten im Garten zwischen den Sonnenblumen. Aber ich mochte es nicht, und dann hat er es gelassen.» «Und hat ihn jemand fortgehen sehen?» Sie strich ihrer Tochter über den Kopf und schenkte Kaffee nach. «Nein. Nein, niemand.» «Mensch, Betty, in so einem Kaff kriegen doch immer alle alles mit.» «Ich weiß nicht, Charly. Ich habe gefragt, aber niemand weiß was. Auch seine Eltern nicht. Sie machen sich auch Sorgen.» Was fand Karl an dieser Frau, an dieser dicken weißen Frau in ihrem braunen Rock und der braunen Bluse? Dieser Frau, die in ihrer Schlichtheit fast obszön war und mit ihrer hellen Haut aussah wie ein gestrandeter Wal.

Ich ging runter zum See, an dem Karl und ich normalerweise fischten. Er zog hier raus, was er wollte. Hechte und Aale. «Alles andere kannst du vergessen», sagte er immer. «Eigentlich kann man hier nicht fischen. Störe und Lachse ja. Russland oder Kanada. Das wäre was. Da kann man noch leben.» Aber der Gedanke, dass Karl ohne einen Koffer aus dem Haus geht, um nach Kanada durchzubrennen, war absurd. Die blattlosen Äste einer Weide hingen bis ins Wasser, und die Wellen zogen Ringe darum. Dunst lag über dem Wasser. Ich rauchte eine Zigarette und stand lange so da. Ich war noch nie ohne ihn hier gewesen. Es war fast unheimlich.

Betty hatte weiße Bohnen gekocht, und ich aß mit ihr und den Kindern. Die Kleine konnte noch nicht sprechen, und der Junge glich in seiner Schweigsamkeit Karl, obwohl er nicht sein Sohn war. Betty fragte nichts, und ich erzählte auch nicht, was ich am Vormittag gemacht hatte. Es schien so, als würde es sie nicht interessieren. «Hattet ihr Streit?», fragte ich sie, obwohl ich mir das nicht vorstellen konnte. Ich konnte mir ihr Zusammenleben überhaupt nicht vorstellen. Sie zog die Schultern hoch und lächelte.

Was sollte ich noch tun. Am liebsten wäre ich gefahren, aber ich konnte nicht. Es war so wie damals, als ich bei Karl auszog, es war so etwas wie eine Schuldigkeit, ein schlechtes Gewissen. Nach dem Essen sagte Betty: «Ich muss dir etwas zeigen.» Sie nahm eine Leiter, und wir kletterten durch eine Luke auf den

Dachboden. Die Balken sahen verrottet und wurmstichig aus, und durch die Ziegel pfiff der Wind. Es roch nach Terpentin. Dort standen etwa zwanzig Bilder. Jedes so groß wie eine halbe Tür. An die schrägen Wände gelehnt und zum Teil zugehängt. Auf allen waren Fische abgebildet, so wie auf dieser Postkarte. In Öl und sehr farbig. Seeteufel, ein Hai und Lachse natürlich. «Hat er das gemalt?», fragte ich. Und Betty nickte und sah stolz dabei aus.

Dann gingen wir wieder in die Küche, und Betty ließ mich stehen und kümmerte sich um den Abwasch. Also drehte ich noch eine Runde im Dorf. Ich überlegte, ob ich noch mit Karls Chef reden sollte oder mit seinen Eltern, aber ich sprach mit niemandem. Stattdessen ging ich in die halb verfallene Kirche und zum Weiher, ein kurzes Stück über Karls verpachtete Felder. Ich benahm mich, als hätte ich Urlaub.

Der Abend kam, und ich wurde unruhig. Betty hatte noch einmal Kaffee gekocht, und ich sagte: «Ich werd dann mal wieder.» «Nein», sagte sie, «bleib doch noch.» Sie hatte wieder dieses Glucksen in der Stimme. Es war das erste Mal, dass sie mich um etwas bat, seit ich gekommen war. Sie ging zum Kühlschrank und holte mir ein Bier, machte es auf und schob es über den Küchentisch zu mir rüber. Sie saß neben mir und griff nach meiner Hand. Sie fühlte sich warm an und weich, wie die Hand eines Babys. Sie ließ mich nicht mehr los, und ich saß da und trank das Bier. Wenn ich eine Zigarette rauchen wollte, konnte ich nicht trinken und umgekehrt. Ich hätte meine Frau anrufen müssen, aber ich blieb sitzen. Betty brachte die Kinder ins Bett und kam dann wieder zu mir und griff nach meiner Hand. Wenn die Bierflasche leer war, holte sie mir eine neue. Sie schmierte uns ein paar Brote und setzte sich wieder zu mir und griff nach mir, nach meiner Hand. Ich stellte mir vor, wie es wäre, wenn Karl jetzt käme. Sich an den Tisch setzen, den Schal abnehmen und uns ansehen würde, wie wir Hand in Hand dasaßen. Mir kam Kanada in den Sinn, Russland, Tibet, Fische und Hanf. Mir war angenehm warm in dieser Küche. Es wurde immer dunkler, die Nacht kroch in den Raum. Es war sinnlos, hier zu sitzen, es war sinnlos, hierher zu kommen, und ich sollte eigentlich längst auf der Autobahn sein. Aber ich blieb dort sitzen. Mir gefiel es, Bettys Hand zu halten und in dieser Küche Bier zu trinken. Wir redeten nichts mehr. Betty sah unentwegt auf die Tischplatte und wischte mit ihrer freien Hand ganz langsam darüber, und ich sah über sie hinweg in die Dunkelheit. Es war wie der eingefrorene Moment auf einem Stillleben, und irgendwann dachte ich dann gar nichts mehr.

Etwas im Kopf

Ich kann mich nicht erinnern. Ich kann mich einfach nicht erinnern. Das Ganze ist vier Wochen her, und es war mit Abstand das Absurdeste, was mir seit langem passiert ist, und ich kann mich jetzt schon nicht mehr an Details erinnern. So langsam habe ich den Eindruck, dass mir mein ganzes Leben durchrutscht. Bei der Augenfarbe meiner Mutter müsste ich raten, meine Träume sind nichts weiter als dumpfe Schatten, so schal wie der Geschmack beim Aufstehen.

Hinter dem Fenster Dunkelheit und schwarze Garagendächer, ein Baum und die beleuchteten Fenster in den Häusern am anderen Ende der Höfe. Wie ein riesiger Adventskalender. Im Fernseher langsame Bilder. So muss das auch vor vier Wochen gewesen sein, als Laura anrief, aber warum, warum rief sie an, verdammt nochmal. Die Ärzte sagen: «Völlig normal, Herr Wassmer.» Es sei kein Wunder, wenn man besoffen mit dem Fahrrad stürzt, mit dem Kopf zuerst. Und Stunden so daliegt, blutend und im Kopf dabei ein Niemandsland. Ich könne froh sein, dass nicht alles weg ist, was sich in meinem Hirn über die Jahre angesammelt hat. Sie sagen oft, dass man froh sein kann im Krankenhaus. Ausgerechnet an diesem Ort, wo niemand froh ist, wird man dauernd dazu aufgefordert. «Sie können froh sein, dass nur ihr Knie steif geblieben ist und wir nicht das ganze Bein abnehmen mussten. Sie haben Glück gehabt, dass es sich nicht entzündet hat bei dem Dreck, in dem Sie gelegen haben, stundenlang. Es ist doch alles sehr schön verheilt.» Steifes Bein, aber verheilt.

Ich sollte also auch froh sein, dass ich nicht mehr weiß, warum Laura anrief. Und dass ich die Melodie nicht mehr finde. Diese kleine, harmlose Melodie, bestehend aus drei Akkorden, die Melodie dieses Abends. Rief Laura nur deshalb an? Sagte sie: «Er spielt, du kannst ihn hören, Ben»? Sagte sie Ben, den Liebesnamen, das Codewort? Ich heiße Bernd, nur Laura sagt Ben. Fuhr ich dorthin, um mit ihr zu vögeln? Wir hatten eine Affäre, Laura und ich. Aber die war da schon vorbei. Eingeschlafen, das Ganze. Aber wir haben uns täglich bei der Arbeit gesehen. Wer ein steifes Bein hat, kann froh sein, eine Arbeit zu bekommen, wird aber bevorzugt im Zweifelsfall. So bin ich Herr dieser Poststelle geworden. Gelandet in einem kleinen Kabuff mit Sperrholzregalen, hinter dem Eingangsportal aus Marmor. Dort sitzen die uniformierten Pförtner. Die sehen gut aus und wichtig.

In den Gängen ohne Publikumsverkehr, in den oberen Etagen, ist das schon anders. Schmale lange Flure, die Elektrokabel, unverkleidet, hängen unter der Decke. Da sitze ich mit Laura und rauche manchmal, wenn ich auf meiner Tour durch das Haus bin. Mit einem großen Wagen, Teewagen sagte meine Mutter zu so etwas, und die Post vom Tage verteile und die, die rausgehen soll, in einen Wäschekorb werfe, der auf dem unteren Brett des Wagens steht. Dort haben wir auch gesessen, und Laura hat mir das erste Mal von diesem Typen aus ihrem Haus erzählt. Diesem Spieler. Daran erinnere ich mich. Wir saßen unter den Kabeln auf dem Fußboden, wer über den Flur wollte, musste über mein steifes Bein steigen, und Laura sagte: «Der ist irre.

Der spielt Gitarre die ganze Nacht und den ganzen Tag. Der schläft nicht mehr seit Tagen. Haut immer dieselbe Melodie in die Saiten. Irre. Irre ist der.» Ich musste lachen, und Laura ist wütend geworden. Unsere Affäre war schon vorbei, und da lacht man schneller. «Ich schlafe seit Tagen nicht mehr, Bernd. Du lachst, aber der tickt doch nicht richtig. Lange halte ich das nicht mehr aus.» «Geh runter und rede mit ihm.» «Ich habe Angst vor dem. Du solltest ihn sehen. Ich traue mich nicht. Ich rufe jede Nacht die Polizei, und dann hört er auf, und wenn ich aufwache, spielt er schon wieder, und manchmal vermisse ich den Ton schon, wenn er nicht mehr spielt. Dann ist die Stille plötzlich laut. Wenn das so weitergeht, werde ich auch noch irre. So irre wie der.» Ich musste wieder lachen und sagte: «Mensch ...», und da ist sie aufgestanden und in ihrem Büro verschwunden und hat die Tür zugeknallt.

Wahrscheinlich habe ich den Typ dann vergessen und mich erst wieder durch ihren Anruf daran erinnert. Oder sogar erst vor ihrem Haus? Warum rief sie an? Warum hat sie angerufen?

Ich bin mit dem Auto losgefahren. Die Uhrzeit von Los Angeles leuchtend auf dem Dach eines Steakhauses am Alexanderplatz. Die Jannowitzbrücke mit den drei Schornsteinen des Heizwerks. Rotstrahlende Ringe darum. Daran brauche ich mich nicht erinnern, das weiß ich, das ist immer so dort. Und weiter nach Kreuzberg, Reichenberger Straße. Ein Parkplatz, um diese Zeit, das ist hier etwas Besonderes.

Es war nicht viel los auf der Reichenberger. Das indische Restaurant mit rein vegetarischem Angebot, hell erleuchtet, aber leer, der holländische Imbiss, in dem tatsächlich ein Holländer arbeitet und wo es alles Mögliche paniert und frittiert gibt, war geschlossen. Es muss also schon nach acht gewesen sein. Aus dem Dönerladen an der Ecke Mariannenstraße kam Gegröle, so ein Geräusch, das Männer machen, wenn sie Fußball gucken. Im Flur des Treppenhauses standen Kinderwagen, und aus ein paar Briefkästen quoll die Post, wie immer. Ich weiß gar nicht, ob die jemals geleert werden.

Der Hinterhof ist schön, auch im Dunkeln. Es gibt nur einen Seitenflügel und gegenüber eine Mauer, und dahinter, auf den nächsten fünf Grundstücken, liegen kleine Gärten. Man kann das von Lauras Wohnung aus sehen. Morgens habe ich oft am Fenster gestanden, mit Kaffee, und in diese Gärten geguckt, in denen kaum jemand war.

Und auf dem Hof habe ich dann die Musik gehört. Gitarrenmusik. Eine E-Gitarre. Es klang ein bisschen wie Neil Young. Aber es war eigentlich gar keine Musik, keine richtige Melodie, nur diese drei Akkorde, jeweils sehr lang gezogen, und der dritte glich dem ersten. Dimm dimm ... Nein, ich finde sie nicht. Ich komme nicht mehr drauf.

«Junkies verpisst euch» steht auf der Wand unten im Hausflur. Das Treppenhaus ist räudig. Es stinkt nach Pisse von Menschen und Katzen, überall liegt Dreck, zerknüllte Zeitungen und ab und zu tatsächlich mal eine Spritze. Laura hat ihre Wohnung gekauft. Nur eben nicht das Treppenhaus, und das rottet vor sich hin. «Ich habe meine Wohnung gekauft, Ben», hat sie mir einmal auf dem Kabelflur beim Rauchen erzählt. «Warum das denn?», habe ich gefragt. Ihre Miete war niedrig, und niemand wollte sie raushaben, und eigentlich mochte sie Kreuzberg nicht einmal besonders. «Warum nicht? Was machst du denn mit deinem Geld?» «Das bisschen, was ich da in meinem Kabuff verdiene, reicht gerade so. Ich gebe es aus, und selbst wenn ich mehr hätte, würde ich meine Wohnung nicht kaufen. Oder irgendeine andere. Ein Haus ja, obwohl ich auch dazu keine Lust hätte, aber eine Wohnung? Das ist doch so, als ob ich mir meine Poststelle kaufe und die großen Geschäfte machen immer noch andere.» «Ist 'ne Geldanlage, Mensch», sagte sie. «Wozu legst du denn Geld an?» Ich weiß nicht mehr, was sie darauf sagte. Sie war sauer. Aber es ging ohne Türenknallen ab. Meistens starrt sie dann eine Weile vor sich hin und dreht an einem ihrer Ringe.

Die Musik kam aus einer Wohnung im zweiten Stock. Lauter noch als auf dem Hof. Aber mir gefiel es. Es hatte so etwas Meditatives. Die Tür sah normal aus. Abblätternde Farbe und ein, zwei Aufkleber. Und der Name stand am Klingelbrett. Krüger oder Kluge oder so ähnlich. Ich bin eine Weile stehen geblieben und habe gelauscht. Es war absolut nichts zu hören. Nur diese Gitarre, und hinter dem Treppenhausfenster waren die Gärten zu sehen, wenn man wusste, dass sie dort waren.

Laura machte mir im Morgenmantel auf. Darunter trug sie eine grüne Trainingshose und ein Männerunterhemd. Ich küsste sie auf die Wange, deutete mit dem Daumen über die Schulter und sagte: «Ist doch ganz schön.» Sie schob mich weg und machte ein Gesicht wie eine getretene Katze. «Mach keine Witze, das kann ich wirklich nicht brauchen. Seit ich zu Hause bin, geht das so. Und letzte Nacht auch.» Sie sah wirklich müde aus und genervt. Wir gingen in ihre Küche. Ich mag ihre Wohnung, alles aufgeräumt, schöne Bilder und Blumen. Es riecht immer gut, obwohl sie auch raucht. Ich weiß nicht, wie sie das macht. Bei mir stinkt es immer nach kaltem Rauch. Dann haben wir etwas getrunken. Kaffee, Tee oder vielleicht auch Rotwein.

Wahrscheinlich Rotwein. Wir haben über ihren Freund gesprochen, also vermute ich mal, dass es Rotwein war. Das mit Laura und mir begann bei einem Betriebsfest. War so eine Knutscherei in meiner Poststelle, als ich es zwischen den Kollegen und weiß gedeckten Tischen im oberen Stock nicht mehr aushielt. Sie kam mit, und wir knutschten und gingen zurück und hielten unsere Hände unter dem Tisch, während die anderen irgendetwas erzählten. Und dann fuhr ich sie nach Hause, und wir haben lange vor der Reichenberger gesessen, Zigaretten geraucht, Musik gehört und uns unterhalten. Das, was nicht ging, vorher auf diesem Fest, und irgendwann sagte sie: «Komm.» Da wurde es schon grau in der Straße, und ich bin mitgegangen.

So begann das, und wir waren über die paar Monate immer bei ihr. Mich hat das gewundert, wegen ihres Typen. Es hätte ja sein können, dass der irgendwann mal vor der Tür gestanden hätte. Er arbeitet zwar in Köln oder Hannover oder so, aber es wäre doch möglich gewesen. Es störte Laura aber nicht, und so verbrachten wir einige Nächte in der Reichenberger. Mir war das recht, ich mag meine Wohnung sowieso nicht besonders. Es lief nicht mit ihrem Freund, nicht so, wie sie sich das dachte. Irgendetwas stimmte nicht. Ich weiß nicht mehr so genau. Gegen Ende unserer Affäre redete sie auf jeden Fall öfter über ihn und sich und ihre Beziehung. Mir war das egal. Aber heute vögeln wir nicht einmal mehr miteinander, und ich höre mir immer noch Geschichten über diesen Kerl an, den ich in meinem Leben noch nicht gesehen habe und hoffentlich auch nie sehen werde.

Was es an diesem Abend war, weiß ich nicht mehr, aber sie hat sogar geweint. Er wollte nicht kommen oder sie nicht hinfahren, aus irgendeinem Grund. Ich habe ihr zugehört oder zumindest so getan, als würde ich zuhören. Eigentlich hörte ich dem Irren unter ihr zu, dieser Gitarre. Wie er immer wieder diese drei Akkorde spielte. Je länger ich da war, desto mehr verschwamm das zu einer Melodie. Am Anfang hörte ich immer noch eins, zwei, drei. Aber dann wusste ich nicht mehr, ist das jetzt drei oder eins, es war wie ein Soundtrack, nur dass die Bilder mit dieser verheulten Laura nicht dazu passten. Man hätte rauchend auf dem Bett liegen müssen, an die Decke starren und ihm zuhören. Ich hörte Laura inzwischen auch akustisch nicht mehr. Sie saß vor mir, zog ab und zu die Schultern hoch, rauchte, weinte und nippte an ihrem Glas oder der Tasse und sagte plötzlich: «Was meinst du, Ben?» Sie muss das schon wiederholt haben, und ich sagte: «Weiß ich auch nicht.» Und dann strich ich ihr über den Kopf und sagte: «Wie lang geht das denn schon.» «Das habe ich dir doch gerade gesagt.» «Nein, nicht das, das mit dem Irren da unten.» «Ach, den habe ich jetzt gerade nicht mehr gehört. Ich weiß nicht. Er hat das schon mal gemacht. Vor einem Jahr, und dann war er, glaube ich, in der Psychiatrie, und jetzt ist er wohl wieder raus. Seit ein paar Wochen. Am besten, ich rufe gleich die Polizei. Dann kann ich wenigstens einschlafen.» Ich wollte das nicht.

Ich wollte, dass er noch ein wenig spielt, und außerdem hatte ich auch genug von Lauras Beziehungsproblemen gehört oder vielmehr gesehen. «Ich kann ja mal mit ihm reden.» «Das bringt nichts, Ben. Wenn er dir überhaupt aufmacht, dann spielt er danach weiter. Einige aus dem Haus haben das schon versucht, aber es nützt nichts. Nur die Polizei hilft, wenigstens für ein paar Stunden.» Sie wischte sich mit dem Ärmel ihres Morgenmantels über die Wange und zündete sich die nächste Zigarette an. Inzwischen roch es auch bei ihr wie in einer Kneipe. Ich öffnete das Küchenfenster und sah dabei in die Gärten. Der Mond hing tief, und zusammen mit den Bäumen, den dunklen Stangen des Klettergerüsts und dieser Musik war das unglaublich. «Komm, ich versuch das mal», sagte ich. «Vielleicht habe ich ja mehr Glück, und er lässt mit sich reden.» «Vergiss es, Ben», sagte Laura, sie hatte rote Wangen vom Weinen. «Doch, ich werde runtergehen und klingeln, und vielleicht spielt er ja leiser. Oder zieht den Verstärker raus, dann hörst du das hier oben gar nicht mehr.» «Der weiß, glaube ich, gar nicht mehr, was laut und leise ist, der weiß wahrscheinlich gar nichts mehr. Nur, dass Napoleon oder Jimmi Hendrix ihm ständig befehlen, auf dieser Gitarre rumzuhacken. Wenn er wenigstens einmal was Richtiges spielen würde.» Mir gefiel das immer noch, aber das sagte ich vorsichtshalber nicht.

Ich zog meine Jacke an und küsste Laura auf die Wange. «Ich geh mal, und wenn ich in zwanzig Minuten nicht wieder da bin, dann kannst du ja die Polizei rufen.» Leise zog ich die Tür zu und schlich die Treppe runter. Ich benahm mich, als würde ich etwas Verbotenes tun. Vorsichtig setzte ich mich auf die Treppe und sah auf die Tür. Mein steifes Bein lag gerade über drei Stufen. «Schönen Tag noch» oder so etwas Ähnliches stand dort auf einem Aufkleber und ich musste wieder lachen, zündete mir eine Zigarette an und hörte ihm zu. Er hatte einen Rhythmus. Er spielte ganz gleichmäßig. Ließ sich Zeit für diese drei Akkorde. Als Kind habe ich so im Treppenhaus gesessen, wenn ich meinen Schlüssel vergessen hatte oder wenn ich mich langweilte. Meine Mutter mochte das nicht. «Du sollst hier nicht herumlungern», sagte sie, wenn sie kam, und so habe ich mich eine Treppe höher gesetzt, damit sie mich nicht fand. Habe still mit meinen Matchbox gespielt, und manchmal kam einer der Bewohner und strich mir über den Kopf oder redete mit mir. Aber am liebsten war ich allein dort.

Das Licht wurde angeschaltet, und ich kniff für einen Moment die Augen zusammen. Ich muss eine ganze Weile so gesessen haben. Eine junge Frau kam die Treppen hoch. Sie sah ziemlich aufgedonnert aus, mit einem Minirock, schwarzen Stiefeln und so großen blonden Locken. In ihrer Hand hielt sie etwas, etwas Schweres, eine Tüte oder Tasche, die sie neben mir auf die Treppe stellte. «Spielt er wieder?», fragte sie, und ich nickte. «Bist du neu hier?» «Nein», sagte ich. «Besuche nur jemanden.» Und zeigte vage mit der Hand nach oben. «Und wieso sitzt du dann im Treppenhaus?», fragte sie und setzte sich neben mich auf die Stufe. «Kann ich 'ne Zigarette haben?» Ich gab ihr eine. «Ich wollte mit ihm reden, ob er nicht ein bisschen leiser spielen kann. Aber er macht nicht auf.» «Der macht nie auf. Erst wenn du Sturm klingelst, wie die Bullen, und gegen die Tür hämmerst, dann macht er auf. Nützt aber auch nichts. Der ist krank. Krank im Kopf, meine ich, und außerdem säuft er den ganzen Tag und zusammen mit seinen Psychopharmaka ergibt das wohl 'nen ganz schönen Trip, wie man hört.» «Stört dich das nicht?» «Ich bin den ganzen Tag nicht da. Nachts schlafe ich mit Ohropax, und unter dem Dach ist es auch nicht mehr so laut. Die Tante, die über ihm wohnt, die ist wohl ziemlich genervt.»

Das Licht war ausgegangen und wurde wieder angeschaltet. Jemand schlurfte die Treppen runter, und das Tapsen von Hundepfoten war zu hören. Ich sprang auf, ich mag Hunde nicht. Dabei fiel ich fast um, weil mein steifes Bein eingeschlafen war. Das Mädchen hielt mich fest, und ein Köter rannte nach unten. Eine alte Frau ging an uns vorbei, mit einem braunen Kopftuch und der Hundeleine in der Hand. «Der ist genauso verrückt wie seine Mutter», sagte sie und deutete mit dem Kopf auf die Tür. «Die ganze Familie ist bekloppt.» «Ja, Frau Berner», sagte das Mädchen und verdrehte die Augen. Sie hielt mich immer noch am Arm. «Alles klar mit dem Bein?», fragte sie, und ich nickte und setzte mich wieder. «Was ist damit?» «Unfall», sagte ich, und sie fragte nicht weiter. Den meisten ist es zum Glück peinlich, weiterzufragen. Erst unter der Bettdecke gibt es keine Gnade mehr.

«Die mögen seine Mutter alle nicht besonders. Sie hat ihnen die Wohnungen verkauft und lässt das Haus jetzt vergammeln. Hat früher selber hier gewohnt. Mit dem zusammen», sagte sie, und ich gab ihr noch eine Zigarette. «Oben in meiner Wohnung. Bis vor drei Jahren. Das war wohl am Ende eine Art Krieg. Sie hat ihn dann rausgeschmissen und ihm die Schlüssel abgenommen. Aber er ist wiedergekommen und auf den Dachboden gegangen und hat sich fein säuberlich durch die Decke gesägt. Genau in sein Zimmer. Und hat dann die Sicherung in der Wohnung rausgedreht. Als sie nach Hause kam, stand er da im Dunkeln, und die Gute hat wohl fast einen Herzinfarkt gekriegt.» Sie schlug sich die Hand mit der Zigarette vor das Gesicht und lachte. «Das musst du dir mal vorstellen.» «Was hat der denn?», fragte ich.

«Keine Ahnung. War wohl schon als Kind komisch, sagt Frau Berner. Und nach der Sache mit dem Dachboden hat seine Mutter ihn in die Klapper gesteckt und ist weggezogen. Hat wohl noch mehr Häuser. Oder ein Hotel. Als er da rauskam, hat sie ihm diese Wohnung gegeben und auch Geld. Sie will nicht, dass er in der Klapper ist. Ist ihr wohl peinlich oder was.»

Laura rief von oben meinen Namen. «Ben? Ben bist du da?» Ich rief «Ja» in die Dunkelheit. «Was ist, hast du mit ihm geredet?» «Noch nicht, ich versuche es gerade nochmal.» «Kommst du noch hoch?» «Später dann.»

«Ist das deine Freundin?», fragte mich das Mädchen, als die Tür oben wieder ins Schloss fiel, und ich sagte «Nein» und überlegte, ob ich sie küssen sollte und mit ihr hochgehen. Mir gefiel der Gedanke, morgens an Lauras Tür vorbeizugehen oder sie im Treppenhaus zu treffen. Aber ich ließ das. Wir blieben einfach so sitzen und redeten, rauchten und hörten diese Gitarrenmusik.

Als die Bullen kamen, verschwand sie. Wir haben noch eine ganze Weile dagesessen und geredet. Über alles Mögliche, ich kann mich nicht mehr erinnern, und plötzlich flog unten die Tür auf, und Schritte waren zu hören. «Die Bullen», sagte sie. «Die mag ich nicht so.» Und dann nahm sie ihr Zeugs und ging die Treppen hoch. Es waren zwei Uniformierte. Der mit dem Schnauzbart fragte mich: «Was machen Sie hier?», und ich zeigte auf die Tür. Das schien in diesem Haus zu reichen. Er nickte und sagte: «Sie können gehen, wir kümmern uns darum. Gute Nacht.» Aber ich blieb sitzen. Sie klingelten und donnerten gleichzeitig mit den Füßen gegen die Tür. «Komm schon», sagte der eine. Nach einer Weile war keine Musik mehr zu hören. Ich richtete mich etwas auf. Plötzlich ging die Tür auf, und da stand er. Ein harmloses Bürschchen, vielleicht eins neunzig groß, mit einem etwas zu kleinen Kopf für diese Größe. Sah aus wie ein Milchbubi, mit einem geringelten Sweatshirt. Kein bisschen verrückt. Als er redete, rollte er allerdings etwas mit den Augen, und das war ja auch kein Wunder, wenn das mit den Pillen und dem Alkohol stimmte. «Was ist?», brüllte er die Bullen an und ging etwas zurück. Hinter ihm war ein großes Zimmer zu sehen. Völlig leer. Nur zwei riesige Boxen waren da, und die Gitarre lag auf dem Fußboden. Der war übersät mit leeren grünen Bierflaschen. Es war fast enttäuschend, das zu sehen. Plötzlich hob sich der Vorhang, und die Musik kam aus diesem Raum, und dieses Milchgesicht war der Spieler.

Die Bullen gingen in die Wohnung und zogen die Tür zu, aber sie blieb einen Spalt offen. «Herr Soundso, Sie sind zu laut», sagte der Schnauzbart. «Wissen Sie eigentlich, wie spät es ist? Hier wohnen Menschen. Die müssen morgen arbeiten. Verstehen Sie mich?» Und der Spieler brüllte nur: «Ihr könnt mich doch.» «Also Sie drehen jetzt den Verstärker leiser oder hören auf zu spielen. Und wenn nicht, oder wenn wir noch einmal kommen müssen, dann nehmen wir die Anlage mit», sagte der andere Bulle. Ich fragte mich, warum die das nicht schon längst gemacht hatten, aber vielleicht hatte der Kerl massenhaft Gitarren oder kaufte sich jeden Tag eine neue. Es war nicht mehr viel zu hören, und dann kamen die Bullen wieder raus. «Die Party ist vorbei. Sie können jetzt auch verschwinden», sagte der Schnauzbart zu mir und drückte die Mütze auf seinen Kopf. Ich steckte mir langsam eine Zigarette an und sagte: «Ist doch ein freies Land, oder?» «Wohnen Sie hier?» «Ja, oben», sagte ich, und er winkte ab und sagte zu seinem Kollegen: «Komm, wahrscheinlich müssen wir sowieso gleich wieder her.» Die Tür fiel zu, und das Treppenhauslicht schaltete sich wieder aus. Ich saß im Dunkeln, und die Glut meiner Zigarette leuchtete rot.

Irgendwie hoffte ich, dass der Irre noch einmal zur Gitarre greifen würde, aber den Gefallen tat er mir nicht. Dazu war er wahrscheinlich doch zu schlau, und ich hörte die Musik auch so, ich konnte sie mühelos summen, sie war mir wie in den Kopf gebrannt. Zu Laura zog es mich nicht besonders. Nochmal Zigaretten, Rotwein und ihr Freund, um danach eventuell mit ihr im Bett zu landen, das erschien mir zu anstrengend. Ich weiß nicht mehr, bis wann ich da noch saß. Ein oder zwei Zigaretten lang, und dann stand ich auf und ging. Vom Hof aus sahen die Fenster des Spielers jetzt ohne die Musik völlig normal aus.

Die Straße lag still, und ich hatte keine Lust, nach Hause zu fahren. Also ging ich in den Dönerladen. Das Fußballspiel war vorbei, und sie zeigten jetzt die hundertste Wiederholung oder Ausschnitte aus einem anderen Spiel. Zwei Männer saßen auf den billigen Stühlen. Der eine hatte den Kopf gegen die Wand gelehnt und guckte auf den Fernseher, und der andere spielte mit seiner Gebetskette. Ich bestellte ein Sixpack Bier. Der Dönerspieß war schon sehr dünn und an den Rändern verbrannt. Der Verkäufer reichte mir wortlos das Bier und legte das Geld in die Kasse. Er nahm dabei den Blick nicht von der Glotze. Ich zog eine Flasche heraus, öffnete sie und stellte mich an einen der Stehtische. Ich weiß nicht mehr, wer da gegen wen spielte und um was es überhaupt ging.

Es war Zufall, dass ich ihn sah. Ich hatte mit den Türken die ganze Zeit auf den Fernseher gestarrt und Bier getrunken, und dann, vielleicht weil ich mir eine Zigarette genommen hatte oder etwas aufhob, blickte ich auf die Straße. Und da ging er. Der Irre, der Spieler. Mit seinem geringelten Sweatshirt, den Kopf zwischen den Schultern und die Hände in den Taschen. Ich nahm vorsichtig mein Sixpack, hielt es senkrecht, damit keine Flasche herausfiel, und lief ihm hinterher. Wenn man mit einem steifen Bein läuft, sieht das immer etwas komisch aus, aber das war mir egal. Er bewegte sich auch merkwürdig, wie ein Marabu, aber sehr schnell. Wand sich durch die wartenden Taxis am Kottbusser Tor und ging die Treppen zur U-Bahn hoch. Ich folgte ihm mit meinen klappernden Flaschen.

Als ich außer Atem auf dem Bahnsteig ankam, saß er da auf einer Bank und guckte geradeaus. Ich ließ mich neben ihn fallen und atmete durch. Er sah einfach nur nach vorn und schien mich nicht zu bemerken. Der Bahnsteig war so gut wie leer. Es muss kurz vor halb eins gewesen sein. Die letzte U-Bahn war noch nicht durch. «Wartest du hier auf jemanden?», fragte ich, aber er starrte einfach weiter, so, als wäre ich nicht da. Ich nahm ein Bier, machte es auf und hielt es ihm hin. Er nahm es wortlos, und ich öffnete mir auch eins. «Na dann Prost», sagte ich, und er schwieg weiter.

Wir saßen da, und inzwischen war es mir auch egal, ob er redete oder nicht. Ein Mann in einer Latzhose streute auf der anderen Seite ein grünes Pulver aus und fegte es über den Bahnsteig. Der Spieler folgte ihm mit den Augen und lächelte. Ich sah ihn an und dann den Typen, der fegte. Das wird jede Nacht zum Feierabend gemacht. «Kommst du deswegen her, um das zu sehen? Willst du ihn fegen sehen?», fragte ich ihn und musste dabei lachen. Er wendete tatsächlich den Kopf und sah mich an. Etwas stimmte mit seinen Augen nicht. Die Pupillen waren weit, und irgendwie sahen sie glasig aus. «Mann o Mann», sagte er und warf seinen Kopf in den Nacken, um das Bier auszutrinken. Er sagte nur «Mann o Mann», und dann ging er. Warf die Bierflasche in den Mülleimer und hüpfte mit seinem Vogelgang die Treppen runter. Dann quietschten die Bremsen eines Autos, und ich schloss die Augen. Ich hörte nichts, dann einen Tritt gegen Metall, und danach brüllte der Spieler: «Du kannst mich doch!» Der Fahrer fluchte ihm hinterher.

Die letzte U-Bahn kam, und ich stieg ein. Ich hatte keine Lust mehr, das Auto zu holen. In der U-Bahn machte ich mir eine neue Flasche Bier auf, und als ich ausstieg, kaufte ich mir noch ein Sixpack. Der Türke lachte und zeigte auf die angebrochene Packung unter meinem Arm. «Ja, ich hab Durst», sagte ich und ging nach Hause. Ich habe den Fernseher angeschaltet und alle Bierflaschen ausgetrunken. Am nächsten Tag fand ich sie in einer Reihe stehend, wie Zinnsoldaten. Ich weiß nicht mehr, wie lange ich dagesessen habe, allerdings ist das auch kein Wunder, ich war ja betrunken.

Am nächsten Tag habe ich mich krankgemeldet. Diese Musik ging mir nicht mehr aus dem Kopf. Ich hörte sie noch drei Tage. Dann hörte ich sie nicht mehr.

Hier und jetzt

Jetzt saß er schon seit Stunden so am Küchentisch. Die Ellenbogen aufgestützt, die Hände verschränkt, ab und zu rieb er die Daumen aneinander. Anna wäscht das Geschirr vom Nachmittagskaffee ab, trocknet es und stellt es in das gelbe Küchenbuffet. Sie sieht zu ihrem Mann, der seinen Blick von den Händen gehoben hat und in den Garten schaut. Sie würde gern seine Tasse abwaschen, aber die ist noch nicht ausgetrunken. Immer hatte er noch einen Schluck drin. Meistens goss er ihn dann kalt in den Ausguss.

«Möchst noch 'n Schluck, Bernhard?», fragt sie und schüttelt dabei den letzten Rest Kaffee in der Kanne.

«Nee, lass man», sagt er, ohne den Blick vom frisch gemähten Rasen zu nehmen. Anna zuckt mit den Schultern, gießt die Kanne leer und wäscht auch sie ab. Sie trocknet sich die Hände und setzt sich zu ihm an den runden Küchentisch.

«Schon ganz schönes Wetter», sagt sie und guckt ebenfalls auf den von der Maisonne beschienenen Rasen vor dem kleinen Einfamilienhaus. Hinter der efeubewachsenen Lehmwand liegt dunkel der Wald. «Mhm», brummt Bernhard, steht auf und wischt sich ein paar Krümel von der Hose.

Nicht mal ein Stück Kuchen wollte er, denkt Anna, während sie ihm nachsieht, wie er den Kopf einziehend durch die Küchentür in den Garten geht.

Die Entlassung aus der Konservenfabrik vor acht Monaten hatte ihn mitgenommen. Er redet ja nicht viel, aber ganz geknickt ist er nach Hause gekommen, an dem Tag, als Karl es ihm gesagt hat.

«Kurzarbeit, Bernhard, wir packen ja nicht mal mehr Fisch in die Dose. Bald ist hier ganz Schluss. Die fangen eben außen an.»

Und die Pforte war ganz außen. Zwölf Jahre hatte er dort gesessen, nachdem er sich mit der Kreissäge ins Bein gesägt hatte und nicht mehr lange stehen konnte. Mit dem Karl hatte er zusammen angefangen als Lehrling im Konservenwerk Grünborn. Vor fast vierzig Jahren. Bis zum Meister hatte er es gebracht. Karl ist Direktor geworden, aber der konnte damals auch besser mit der Partei. Inzwischen sitzt er ja auch zu Hause. «Liest Zeitung», hatte seine Frau Gertrud ihr geantwortet, als Anna sie vor ein paar Tagen traf und fragte, was er denn so macht.

Anna hört ihren Mann draußen im Schuppen rumoren und nimmt seine Tasse, um sie abzuspülen. Er kommt in die Küche, in der Hand die blaue Plane, den gelben Plastikeimer und eine Decke. Unter der Plane saßen sie an seinem 55. Geburtstag, weil es nicht aufhören wollte zu regnen. Jetzt nahm er sie manchmal zum Angeln mit.

«Mach mir mal 'ne Kanne Tee und zwei Brote», sagt Bernhard und geht nach oben. Anna setzt das Wasser auf und schmiert die Brote und ist froh. Angeln war er schon seit Monaten nicht mehr.

«Willst' angeln gehen?», fragt sie, als er mit dem dunkelblauen Seemannspullover und einem Regenmantel über dem Arm wieder runterkommt.

«Hmm», brummt er und packt den Tee und die Brote in einen Beutel. Er nimmt die Plane, den Eimer und die Decke und sagt beim Rausgehen: «Bring mir mal morgen um acht Kaffee und Brote nach *Adebos Näs*.»

«*Adebos Näs*?», fragt Anna, aber da hat er die Tür schon hinter sich zugezogen. Durch das Wohnzimmerfenster sieht sie ihn die Straße hinunterlaufen. Wo sind die Angeln, und warum nimmt er nicht das Fahrrad?, denkt sie. *Adebos Näs*. Da war er noch nie angeln.

Die kleine Landzunge liegt einen Kilometer von Grünborn entfernt an der Ostsee. Schilf wächst dort im Hinterland an einem kleinen Fluss, und zwei Bänke stehen direkt am Meer. Meistens ist es dort leer. Nur ab und zu knutschen auf den Bänken ein paar Jugendliche. Die Touristen finden selten hierher.

Seit die Sonnenstrahlen den Strand von Grünborn wieder wärmen, sind die ersten Touristen da. Auch jetzt kommt gerade eine vierköpfige Familie in bunten Windjacken am Haus vorbei. Die Kinder laufen kreischend um die Eltern herum. Anna kann die Bäume sehen, die hinter der Straße den Strand ankündigen. Schief gewachsene Kiefern, wie sie hier überall auf dem Stück Waldboden vor den Dünen wachsen. Viele Einheimische vermieten inzwischen Räume an die Gäste. Anna schlug es Bernhard auch vor. «Die kommen mir nicht in mein Haus», hat er gesagt.

Sein Haus. Er hatte es selbst gebaut, 1954, das kleine gelbverputzte Einfamilienhaus in der Straße des Friedens, die jetzt wieder Promenadenstraße hieß. Und auch danach hat er jeden Handgriff allein gemacht. Selbst als das mit der Kreissäge passiert ist, baute er, als er aus dem Krankenhaus zurückkam, als Erstes den Zaun fertig. Anna hätte nichts gegen Feriengäste gehabt. Sie würden etwas Abwechslung in ihren Tag bringen. Das Zimmer von Thomas oben stand leer, und die Kammer daneben war auch groß genug. Das Geld könnten sie gebrauchen, gerade jetzt. Aber für Bernhard war das Thema erledigt. Und nach der Entlassung erst recht. «Die machen mich verrückt», hat er gesagt.

Bernhard ging am gelben Ortsausgangsschild vorbei. «Auf Wiedersehen im Ostseebad Grünborn» stand dahinter in schnörkeliger schmiedeeisener Schrift. Er ging weiter die Asphaltstraße hinunter bis zum Wald. Wenn die Autos an ihm vorbeifuhren mit Hamburger, Berliner oder einheimischen Kennzeichen, wehte es die Plane hoch. Er bog in den Wald ein und lief bis zu der kleinen Wiese, auf der, solange er denken konnte, ein Bienenwagen stand. «Ob der wohl noch Bienen hat», hatte er vor ein paar Tagen gedacht, als er hier mit dem Fahrrad vorbeifuhr. Von der Wiese geht der Weg rechts ab nach *Adebos* Näs. Aufgeweichter dunkler Sandboden führt an dem kleinen Fluss entlang, in dem die Enten schnattern. Dann kommt die Biegung, und man kann am Ende des Wegs die Bänke sehen und das Meer. Niemand ist dort. Bernhard stellt den Eimer hin, spannt die Plane über eine der Bänke und legt die Decke ab. Dann geht er zum Wasser und lehnt sich gegen die kleine Stange, die vor zwei Jahren hier zur Sicherheit aufgestellt wurde. Als ob sich jemand an den anderthalb Metern, die es bis zum Meer runterging, die Ohren brechen würde. «Sicherheitsstandard», hatte Groth, der Bürgermeister, gesagt. Der ist schon seit zwanzig Jahren Bürgermeister, hat den Knick in der Geschichte gut überstanden und kennt sich aus mit Vorschriften.

Bernhard sieht auf die Uhr. Zwanzig vor sechs. Er setzt sich auf die Bank, isst die Brote und trinkt zwei Tassen von dem Tee. Er kaut langsam und guckt auf das Schilf hinter dem Fluss. Ein paar Schwalben schießen über die Plane. Dann steht er auf und blickt auf das Meer, das mit ruhigen Wellen an das Ufer kommt. Er steht zwei Stunden so und geht dann vor die Stange und lehnt sich mit verschränkten Armen dagegen. Es wird langsam dunkel.

Anna setzt sich nach dem Abendbrot vor den Fernseher. Gegen elf steht sie auf und geht ins Bett. Sie mag hier nicht allein liegen. Bisher hat sie nur die Nächte, als Bernhard im Krankenhaus lag, allein verbracht. Wenn er nachts angeln ist, kommt er so gegen fünf Uhr morgens wieder. Um acht, hat er gesagt, denkt sie, bevor sie einschläft.

Anna braucht keinen Wecker. Um halb sieben steht sie auf und geht runter in die Küche, um den Kaffee und die Brote zu machen. Früher hat sie das Frühstück für Thomas gemacht und ihn rechtzeitig in die Schule geschickt, und auch Bernhard aß um diese Zeit und ging dann in sein Pförtnerhäuschen in die Konservenfabrik. So ist es geblieben, auch nach seiner Entlassung. Während Anna dann das Frühstück vorbereitete, saß er am Küchentisch und las die Zeitung. Danach ging er in den Garten. Sie war froh, als der Frühling kam, und er rauskonnte und nicht mehr den ganzen Tag in der Küche saß. Er mähte jeden dritten Tag den Rasen, stach mit einem Spaten die Grasränder ab, zupfte Unkraut oder strich den Zaun. Ob er wohl was gefangen hat, denkt sie. Am Abend hatte sie der Versuchung widerstanden, in den Schuppen zu gehen und nach seinen Angeln zu sehen, die aufgereiht an der Wand hingen.

Sie packt das Frühstück in den Korb, legt noch eine Banane dazu und fährt mit dem Fahrrad aus dem Ort. Die Feuchtigkeit hängt über den Wiesen, und als Anna in den kleinen Wald einbiegt, fröstelt sie auf dem Rad. Bernhard liegt, den rechten Arm über den Augen, auf einer der Bänke. Die braungelbe Decke, die früher im Kofferraum des Trabants lag, hängt über den Rand. Tau perlt auf der blauen Plane, die als Zeltdach über die Bank gespannt ist.

«Hast du geschlafen?», fragt Anna, als Bernhard den Kopf hebt und ihr zulächelt. «Nicht mehr», sagt er und setzt sich auf. Sie setzt sich dazu und nimmt die Brote und den Kaffee aus dem Korb. Bernhard isst und sieht auf das Schilf neben der Bank. Im Waldstück auf der anderen Seite sind Vögel zu hören. Der Gesang vermischt sich mit dem Geschnatter der Enten im Fluss und den kurzen Schreien der Schwalben, die über *Adebos Näs* fliegen. Bernhard steht auf, nimmt den Eimer und geht runter ans Wasser. Anna streicht dort, wo er gesessen hat, die Decke glatt und sieht ihm zu, wie er Wasser in den Eimer schöpft. Er stellt den Eimer neben die Bank und dreht sich weg, so wie er sich abends von ihr wegdreht, um sich auszuziehen. Er streift Pullover und Unterhemd ab und wäscht sich. Anna sieht auf seinen Rücken, der Falten wirft am Hosenbund. Sie weiß, dass er Falten wirft, und sie mag, dass er ein wenig süßlich riecht, wie nach Vanille. Das war ihr aufgefallen, als er sie beim Tanzen das erste Mal an sich drückte. Er riecht immer noch so, wenn er sich abends zu ihr ins Bett legt.

Bernhard kippt das Wasser zurück ins Meer. Er reibt sich mit den Händen trocken und zieht sich wieder an. Er nickt Anna zu und sagt: «Bring mal wieder Tee und Essen heute Abend. So halb acht», und geht zur Absperrung. Anna springt auf und läuft neben ihm her.

«Bernhard, was machst du hier? Du angelst doch gar nicht.»

Während er weitergeht, sagt er: «Gucken. Aufs Meer.»

«Wieso, Bernhard, wieso siehst du aufs Meer?» Er bleibt stehen, umfasst ihre Schultern und sieht sie an.

«Nur so, Anna, und bring das Abendbrot heute Abend.»

Er geht zur Stange und stützt sich mit beiden Händen auf. Anna macht es ihm nach. Das Meer ist ruhig. Am Horizont begegnen sich zwei Tanker und fahren danach wie zum Duell auseinander.

«Na, dann bis heut Abend», sagt Anna und sieht ihn an. Bernhard nickt, ohne den Blick vom Wasser zu heben.

Nur so, denkt Anna, als sie das Geschirr abspült. So hatte sie ihn noch nie gesehen. Nicht, als sie anfangs keine Kinder bekam, nicht, als Thomas beinahe von der Schule geflogen wäre, weil er sagte, was man zu dieser Zeit lieber noch nicht sagte. Selbst als Thomas in den Westen abgehauen ist, nicht. Bernhards Bruder hat ihn damals mit dem Auto nach Prag gefahren, in die westdeutsche Botschaft, und Bernhard hat sich kopfschüttelnd die Bilder in der Tagesschau angesehen. Menschen, die über einen umstürzenden Zaun an der Kamera vorbeiliefen. Ein Mädchen stürzte, raffte ihre Tasche und rannte weiter.

«Was willst du denn da?», hatte er seinen Sohn gefragt.

«Raus. Ich will raus hier, Papa.»

Bernhard hatte an ihm vorbeigesehen. «Raus. Mach mal erst deine Lehre zu Ende.»

Thomas ist trotzdem gegangen. Aber jetzt stand Bernhard da draußen und guckte auf das Meer. Anna wischt den Staub, der im Haus kaum eine Möglichkeit hat, sich zu legen, vom Wohnzimmertisch. Ihr Blick fällt auf das dicke Buch, das Dieter Bruhns vor ein paar Tagen gebracht hatte. Der dicke Dieter, der in Bernhards Brigade gearbeitet hat und jetzt auf der Promenade Fischbrötchen an die Touristen verkauft. *Buch der Rekorde* steht da drauf. «Kannst du abonnieren, Bernhard, wie 'ne Zeitung. Dann kriegste jedes Jahr ein neues. Stehen verrückte Sachen drin», sagte Dieter und drehte dabei seine dicken Daumen umeinander.

Bernhard wollte es nicht. Dieter hat es ihm dagelassen. «Zwei Wochen zur Probe», sagte er. «Kein Kaufzwang.»

Anna sieht, dass ein Streichholz in dem Buch steckt. Sie schlägt es auf. Mit dem roten Stift, mit dem Bernhard am Küchentisch Kreuzworträtsel löst, ist dort etwas unterstrichen.

6 Tage hat der Engländer Paul Smith im südenglischen Badeort Mousehole schweigend auf das Meer geschaut. Er machte dabei jeweils nach zwölf Stunden eine Pause von einer halben und nach 24 Stunden eine Pause von zwei Stunden.

Anna liest weiter. Die rechte Hand streicht über ihre Kittelschürze. Der dickste Mann der Welt wohnt in Australien. Sie sieht das Bild einer lebenden Ziege mit zwei Eutern. Eine Pornodarstellerin in Amerika hat an einem Tag mit zweihundert Männern geschlafen.

Anna legt das Streichholz wieder zwischen die Seiten, dort wo über den Rekord in England berichtet wird. Dann geht sie einkaufen und brät Bouletten für Bernhard. Sie packt ein Handtuch ein und frische Unterwäsche zum Wechseln.

Sie sitzt bei ihm, während er isst, und sieht in sein Gesicht. Er sieht müde aus. Sein rundes Gesicht ist blass, und die grauen Haare, die er sonst nach hinten kämmt, stehen seitlich ab. Anna bleibt sitzen, als Bernhard ihr über den Oberschenkel streicht und wieder vor zur Absperrung geht. Erst als die Sonne langsam hinter dem Wald verschwindet, steht sie auf, fährt ihm durch die Haare und küsst ihn auf die Wange, auf der inzwischen rötliche Bartstoppeln gewachsen sind.

Auch am nächsten Morgen nach dem Frühstück bleibt sie auf der Bank sitzen. Sie ist froh über die Sonne, die jetzt über dem Meer steht. Es soll kälter werden in den nächsten Tagen. Gegen Mittag hört Anna eine Fahrradklingel und sieht kurz darauf zwei Fahrräder hinter dem Schilf hervorkommen. Mariann, die Tochter von Bürgermeister Groth, und ein Junge, den sie nicht kennt. Beide bleiben einige Meter von den Bänken entfernt stehen. Das sechzehnjährige weißblonde Mädchen mit den hellen Augen, bei denen man nie genau weiß, ob sie blau oder grün sind, legt das Fahrrad ins Gras und kommt auf Anna zu. Auch der Junge ist abgestiegen, bleibt aber stehen und guckt etwas unschlüssig. Er trägt eine Jeansjacke und knöchelhohe Schuhe. Anna hat ihn noch nie gesehen.

«Guten Tag, Frau Niehaus», sagt Mariann und nimmt ihren dicken, geflochtenen Zopf zwischen Daumen und Zeigefinger.

«Tag, Mariann», sagt Anna.

«Schöner Tag, nicht», sagt Mariann und beginnt auf den Haaren am Zopfende zu kauen.

«Ja, sehr schön», sagt Anna.

«Guten Tag, Herr Niehaus.» Das Mädchen hat den Blick zu Bernhard gewandt. Doch der antwortet nicht. Er steht wieder vor der Stange und beobachtet, die Arme vor der Brust verschränkt, ein Segelboot auf dem Wasser.

«Er darf nicht reden, Mariann», sagt Anna und steht auf. Das Mädchen ist fast einen Kopf größer als sie.

«Er will den Rekord von einem Engländer brechen. Der hat sechs Tage aufs Meer gesehen. Und man darf dabei nicht sprechen.»

«Was für einen Rekord?», fragt Mariann.

«Aus dem *Buch der Rekorde*, antwortet Anna.

«Das vom dicken Dieter?» Mariann schnipst ihren Zopf auf den Rücken. «Äh, ich mein, von Herrn Bruhns.»

«Ja, das», sagt Anna und setzt sich wieder auf die Bank. Mariann sieht zu Bernhard und macht einen Schritt in Richtung Meer. Sie bleibt aber stehen, zieht mit dem Fuß einen Halbkreis in den Sand und nickt Anna zu.

«Dann viel Glück, Frau Niehaus. Ich drück die Daumen.» Sie geht zurück zu dem Jungen, der an seinem Fahrrad lehnt und auf einem Grashalm kaut. Sie redet kurz mit ihm und zeigt mit dem Kopf auf Bernhard. Dann steigen sie auf die Räder und fahren zurück. Kurz bevor sie hinter dem Schilf verschwinden, dreht Mariann sich um und winkt Anna zu.

Am Nachmittag, als Anna gerade ein Schnitzel brät und Tomaten würfelt für den Abend, klingelt es. Sie wischt die Hände an der Schürze ab und öffnet die Tür mit dem Ellenbogen.

«Schönen guten Tag, liebe Frau Niehaus», sagt der junge Mann vor der Tür. «Mein Name ist Henning Schneider. Ich leite das Referat Öffentlichkeitsarbeit beim Bürgermeister.» Anna sieht ihn fragend an, während sie immer noch ihre rechte Hand an der Schürze abwischt, um sie ihm zu reichen. Sie kennt den jungen Mann mit den kurz geschnittenen schütteren Haaren und der kleinen, eckigen Brille. Vor zwei Jahren kam er aus Hamburg und arbeitet seitdem für Groth.

«Darf ich kurz reinkommen?», fragt Schneider, während er

die Hände aneinander reibt. Anna bietet ihm in der Küche eine Tasse Kaffee an.

«Mh, riecht gut», sagt er und deutet mit der Hand auf die Pfanne mit dem Schnitzel. «Stärkung für unseren Rekordmann?»

«Ja», sagt Anna. «Er muss ja bei Kräften bleiben.»

«Worum geht es genau, bei dem, was Ihr Mann da draußen macht, Frau Niehaus?», fragt Schneider, während er die Kaffeetasse auf den Tisch zurückstellt.

«Wir haben das ja nur zufällig durch die Tochter von Herrn Groth erfahren.»

Anna holt das Buch aus dem Wohnzimmer, schlägt es auf und deutet wortlos auf den unterstrichenen Text. Schneider liest nickend und blättert dann in dem Buch. Er fragt Anna nach den Pausen, die Bernhard macht, und ob er dann reden würde.

«Frau Niehaus, ich würde das Buch gern kurz mitnehmen und Sie heute Abend zu Ihrem Mann begleiten, wenn Sie nichts dagegen haben.»

Zu dritt fahren sie um sieben mit Schneiders Auto nach *Adebos Näs*. Neben Schneider sitzt ein großer, dicker Mann mit einem Bürstenschnitt, der Anna nickend die Hand reicht, als sie in das Auto steigt.

«Ich freue mich sehr über Ihren Mut, Herr Niehaus. Aber wir müssen das vom Kopf auf die Füße stellen. Ich habe beim *Buch der Rekorde* angerufen. Man muss so einen Rekordversuch anmelden. Wissen Sie!», sagt Schneider zu Bernhard.

Der kaut langsam das Schnitzel und sieht Schneider an, der vor der Bank kauert.

«Deshalb habe ich Ihnen jetzt auch den Herrn Wendtland

mitgebracht. Ein alter Studienkollege von mir», sagt er lachend, während Wendtland Bernhard die Hand reicht.

«Herr Wendtland ist Rechtsanwalt in Rostock und wird sozusagen notariell Ihren Rekord begleiten.»

Schneider schlägt Bernhard mit der rechten Hand auf den Oberschenkel.

«Die Kosten trägt selbstverständlich die Stadt. Sie werden uns noch berühmter machen, Herr Niehaus.»

Zwei Männer bringen in diesem Moment einen Wohnanhänger.

«Den stellen wir hier hinter die Bank», sagt Schneider und dirigiert die Männer. «Dort können Sie auch selbstverständlich Ihre Pausen verbringen.»

«Ich muss dann mal wieder», sagt Bernhard und geht vor zur Stange.

Schneider fährt mit Anna zurück in den Ort. Als sie am neu gebauten Atlantik-Hotel, einem riesigen roten Backsteingebäude vorbeifahren, lächelt er und sagt: «Sehen Sie, es geht doch aufwärts bei uns in Grünborn.»

Als Anna am Abend des folgenden Tages allein im Wohnzimmer sitzt, fühlt sie sich überfordert. Es ist zehn Uhr, und der Fernseher wirft bläuliches Licht in das Zimmer. Sie kann sich nicht konzentrieren auf das, was da gesendet wird. Der Himmel war den ganzen Tag wolkenverhangen, und am Vormittag wehte der eisige Wind einen feinen Nieselregen über *Adebos Näs*. Schneider brachte zum Frühstück, zu dem er wie selbstverständlich erschien, einen jungen Mann von der Lokalredaktion der Ostsee-Zeitung mit. Bernhard sollte ein Interview geben. Er lag in den Ruhepausen immer noch auf der Bank unter der Plane. «Machen

Sie das mal, Sie haben das ja gelernt», hat er zu Schneider gesagt, und als der nicht lockerließ, ist er zum Meer gegangen, obwohl er noch zehn Minuten Pause gehabt hätte. Anna sollte dann die Fragen beantworten, wie alt er sei und was er sich von dem Rekord verspreche.

«Ich weiß nicht», hat sie gesagt und wollte auch am Nachmittag nichts in die Fernsehmikrophone vom Nordmagazin sagen. Nur zu ihm hat sie sich gestellt für ein Foto und vor die Fernsehkamera. Schlecht sah er aus, und sie traute sich nicht, ihn richtig anzusehen, wegen der vielen Leute. Aber er hatte Ringe unter den Augen, und seine Hand zitterte, als er nach der morgendlichen Tasse Kaffee griff, so viel hatte sie gesehen. Sie beneidete den Rechtsanwalt, der hinter seinem Fenster im Wohnwagen saß und nur für die Interviews bereitwillig heraustrat.

«Finden Sie auch, dass es beruhigend ist, aufs Wasser zu sehen?», hatte die Nordmagazin-Moderatorin dann am Abend ihre Zuschauer gefragt. Die Dunkelhaarige, an der Anna das sympathische Schmunzeln so gefiel. Und mit diesem Schmunzeln redete sie weiter.

«Wie ruhig muss man erst sein, wenn man eine ganze Woche auf das Wasser sieht?» Und dann haben sie Bilder gezeigt von Grünborn und von Bernhard, wie er an der Stange vor dem Meer steht. Sogar ihr Häuschen war zu sehen. Groth, Schneider und der Rechtsanwalt haben gesprochen und in die Kamera gelächelt und gesagt, wie wichtig letztendlich die Tat eines Einzelnen sei.

«Gerade heute», fügte Groth hinzu.

Anna hatte Thomas in Hamburg angerufen und ihm erzählt, dass sein Vater im Fernsehen zu sehen sei.

«Wie ist er denn darauf gekommen?», fragte Thomas nach der

Sendung am Telefon. Er hatte wieder dieses leichte Singen der Hamburger in seiner Stimme. Nur einmal hatte sie Bernhard bewegen können, den Jungen in Hamburg zu besuchen. Nachdem die Mauer fiel, kurz nach Thomas' Flucht. Den Fischmarkt haben sie gesehen und eine Hafenrundfahrt gemacht. Danach wollte Bernhard nicht mehr dahin.

«Fahr man allein», sagte er, als sie ihm vorschlug, nach der Entlassung in der Konservenfabrik einmal zu ihm zu fahren, wo sie ja jetzt genug Zeit hatten.

Am nächsten Morgen begegnet ihr Karl im Waldstück vor *Adebos Näs.*

«Und du unterstützt das auch noch», antwortet er Anna auf ihr erstauntes «Guten Morgen» und fährt gestikulierend Richtung Grünborn weiter. Wendtland erzählt ihr dann lachend, dass Karl die ganze Nacht neben Bernhard gestanden habe.

«Erst hat er auf ihn eingeredet wie auf ein krankes Pferd», sagt Wendtland und schüttelt den Kopf. «Was Ihr Mann für ein guter Arbeiter gewesen sei, und dass er Aktivist war und keiner schneller war als er. Ihr Mann hat natürlich nichts gesagt. Durfte er ja auch nicht. Und dann hat dieser Karl ihn angebrüllt, dass er sich schämen sollte, sich so zu verkaufen, und dass er ein Idiot sei. Am Ende stand er wortlos neben ihm, die ganze Nacht, und hat auch aufs Meer gesehen», sagt Wendtland und lächelt wie nach einem Sieg.

Im Dorf wurde geredet. «Diese Männer. Nur dumm Tüch im Kopp», sagte Annemarie, die den Konsum in Grünborn übernommen hat, der jetzt «Einkaufsperle» heißt. Die Ostsee-Zeitung schreibt, dass es am siebten Tag von Bernhards Rekord ein

Volksfest geben wird. «Wenn er einen Tag länger durchhält als der Tommy», hatte Schneider Anna gesagt, «kommt er auf jeden Fall in die nächste Ausgabe ins *Buch der Rekorde*. Das haben die mir versprochen.»

Bernhard sieht zufrieden aus am Morgen dieses siebten Tages, und Anna ist froh, dass es nun bald vorbei ist. Das Volksfest besteht aus der Blaskapelle der Freiwilligen Feuerwehr und aus dem dicken Dieter, der seine Fischbude extra nach *Adebos* Näs gekarrt hat, um der Hand voll Touristen seine Brötchen zu verkaufen. Als Bürgermeister Groth kommt, um eine Rede zu halten, fährt Anna nach Hause. Auch weil der junge Mann von der Zeitung schon wieder um sie herumschleicht.

«Siehst du, habe ich doch gesagt, was alles in dem Buch steckt», ruft der dicke Dieter ihr zu, als sie auf das Rad steigt.

Bernhard kommt erst in der Nacht nach Hause. Der Zeitungsmann hatte als Einziger auf das Ende des Rekordversuchs gewartet, aber Bernhard ist stehen geblieben. Erst als er allein ist, packt er seine Sachen und geht zurück. Der Rechtsanwalt, in dessen Wohnwagen es dunkel ist, merkt es erst am nächsten Morgen. Anna legt ihren Arm um seinen Bauch, als Bernhard in das Bett steigt.

Als sie am nächsten Morgen in die Küche kommt, sitzt er schon am Tisch. Neben ihm liegt die Zeitung mit seinem Bild auf Seite acht. Anna macht das Frühstück und setzt sich zu ihm. Er sieht in den Garten und deutet auf den Rasen.

«Muss dringend gemäht werden», sagt er.

«Ja», sagt Anna und gießt ihm den Kaffee ein.

Spielen

Er kam wie jedes Jahr. Saß vor der Tür in einem winzigen Peugeot, der nach Zigaretten roch. Nein stank, wenn Pavel acht Stunden allein fuhr, dann stank das ganze Auto wie ein Aschenbecher. Nur dieses Mal hatte ich ihn vergessen. Ich ging die Choriner Straße entlang nach Hause, und da sah ich ihn, in diesem roten Auto, schlafend, das ausgefranste grüne Base Cap ins Gesicht gezogen und eine Büchse Bier zwischen den Beinen.

Die Sonne stand tief, und meine Straßenseite lag schon im Schatten. Der August war zu Ende, zumindest fast, und das ganze Viertel benahm sich wie im Frühling bei den ersten Sonnenstrahlen, wenn sie auf die Straßen laufen in kurzen Hemden und Röcken und nicht wahrhaben wollen, dass es noch kein Sommer ist. So wollen sie auch sein Ende nicht wahrhaben und sitzen vor den Kneipen bis in den Oktober.

Pavel war ein Zugvogel, das Gegenteil einer Schwalbe, kam immer dann, wenn der Sommer vorüber war, um irgendwo in der Stadt ein Theaterstück zu inszenieren. Ich stand vor dem Peugeot und konnte mich nicht entschließen, ihn zu wecken. Er sah so friedlich aus, und ich war froh, ihn zu sehen, und auch froh, dass der Sommer vorbei war. Pavel war ein sicheres Zeichen dafür. Es war genau der Tag, für den er sein Erscheinen angekündigt hatte, er hatte sich nicht noch einmal gemeldet. Das tat er nie, ich wusste das, und vielleicht hatte ich ihn vergessen, weil es das fünfte Jahr war, in dem er kam.

Er war betrunken, als ich ihn kennen lernte. Ich saß mit Freunden in einer Kneipe, und er war dort allein und trank am Tresen. Wir kamen ins Gespräch, und irgendwann sang er für uns.

«Tschechengesicht», sagte einer meiner Freunde. Selig sah er damals aus mit seinen breiten Wangenknochen, den schräg stehenden Augen, die blau sind und an diesem Abend glasig waren. Er ließ sich die Gitarre eines Straßenmusikanten geben und sang «Love me tender» von Elvis. Irgendwann fragte er an diesem Abend nach einem Zimmer, und seitdem wohnt er bei mir für ein paar Wochen, Jahr für Jahr.

Ich lehnte mich an die Kofferklappe des Autos, das vor ihm parkte, und steckte mir eine Zigarette an. «Tschechengesicht», sagte ich leise. Dann hob er plötzlich den Kopf, sah mich an und lachte. Er stieg aus dem Auto und umarmte mich. «Was diesmal, Pavel?», fragte ich, und er sagte: «Romeo und Julia», und trank den Rest aus seiner Bierbüchse. «So. Also eine große Nummer diesmal», sagte ich, und wir gingen hoch in die Wohnung.

Pavel spielte mir die Diskussion mit dem Intendanten des Theaters ein paar Straßen weiter vor, er hat durchaus auch ein schauspielerisches Talent. Immer wenn er der Intendant war, nahm er die Mütze ab und stellte sich mit auf dem Rücken gekreuzten Armen ans Fenster und sah hinaus. Dann setzte er sich die Mütze wieder auf und spielte sich selbst mit auf den Tisch gesenktem Blick. «Warum Pavel? Warum eine Russin und einen Iren?», fragte er sich selbst vom Fenster aus und rannte dann um den Tisch zurück, setzte sich, hob langsam den Blick und sagte nachdenklich: «Na ja. Osteuropa und Westeuropa, die beiden verfeindeten Familien des Kontinents. Europäische Union und die Staaten, die auch gern daran teilnehmen würden. Das Slawische und das Nichtslawische.» Er schlug auf den Tisch, lachte und sagte: «Und der hat mir den ganzen Scheiß abgekauft. Ab der nächsten Woche kann ich mit ihnen arbeiten.» «Und warum willst du mit ihnen arbeiten?», fragte ich. «Weißt du, Irina bekommt selten Aufträge hier und sie ist eine gute Schauspielerin. Ich habe einmal in Russland mit ihr gearbeitet. Und James ist unglaublich.» Er hatte den Iren bei einer Arbeit in London kennen gelernt. «Er ist eigentlich Techniker und hat oft bei den Proben herumgehangen. Ein Schauspieler ist ausgefallen, und ich habe ihm eine kleine Rolle gegeben. Seitdem spielt er in London regelmäßig an kleinen Bühnen, und er würde gern einmal nach Berlin kommen. Wenn du ihn siehst, wirst du mich verstehen. Dem sagst du einmal, was du willst, und dann macht der das.»

Pavel sprach inzwischen perfekt Deutsch. Er hatte es in diesen fünf Jahren gelernt, leicht, fast beiläufig. Er hatte sich daran gewöhnt, dass ihn hier alle nur bei seinem Vornamen nannten, weil keiner seinen Nachnamen aussprechen konnte oder wollte. Auch dass ich oder die anderen ihn nie in Brno besuchten, obwohl wir das Jahr für Jahr bei seinem Abschied versprachen, nahm er hin.

Als ich am nächsten Morgen aufstand, saß er in der Küche und hatte das Stück vor sich. Kopierte Din-A4-Seiten. Ich wusste, dass er schon lange wach war, wie immer, und das, obwohl er am Abend zuvor mehr getrunken hatte als ich. Ich ging Brötchen holen, kochte Kaffee und Eier, und wir frühstückten zusammen. «Hast du Zeit heute?», fragte er, und ich zog die Schultern hoch und nickte. «Ich würde gern Irina besuchen, sie wohnt in Hellersdorf. Ganz am Rand», sagte er. «Ja, warum nicht, ich komme mit.»

Ich las die Zeitung und er strich sie zusammen, die Montagues und die Capulets. Hatte eine Idee herumgetragen seit Wochen und Monaten und saß jetzt vor meinem Küchenfenster, den Kopf in die Hand gestützt, und arbeitete. Ab und zu sah ich zu ihm und weiter auf die graue Häuserwand des Seitenflügels, auf dem die Sonne stand.

In den letzten Jahren hatte er für Off-Theater gearbeitet. Er bekam regelmäßig gute, wohlwollende Kritiken. «Osteuropabonus», sagte er dazu. Und dies hatte ihn herumgeführt in Deutschland und in Europa. Er war in Dresden, Hamburg, London und Lyon. In diesem Jahr war er ernster als sonst, denn auch wenn das Theater ein paar Straßen weiter nicht zu den ersten Häusern der Stadt gehörte, so war es doch auch kein Hinterhofsaal mehr mit defekter Heizung. «Sechs Schauspieler», hatte der Intendant gesagt, «sechs und keinen mehr.» Und jetzt saß Pavel an meinem Küchentisch und machte aus Dienern und Cousins eine Figur und straffte die Geschichte, wie er sagte.

Die Wohnung war so still. Wir saßen in der Küche, auf dem Tisch ein großes Glas Gewürzgurken und eine angefangene Flasche Wodka. Die drei redeten Russisch. Pavel, Irina und Alexander, oder Sascha, wie die beiden anderen den Mann der Schauspielerin nannten. Der sagte nicht viel, warf sich nur ab und zu mit einem Ruck die schwarzen Haare aus dem Gesicht und lächelte. Pavel hatte Mühe, Irina zu unterbrechen. Sie redete pausenlos. Hatte ein Katzengesicht, schräg stehende grüne Augen und braune schulterlange Haare. Am Anfang haben wir Deutsch geredet, das beide dank ihrer Vorfahren und der Deutschkurse in

Berlin sehr gut sprachen. «Nun, wie geht es dir?», hatte mich Irina gefragt. Sie klebte dieses «nun» vor jeden dritten deutschen Satz, vielleicht weil es so ähnlich klang, wie das «nu» in der Sprache ihres Geburtslandes. Sie war jung, Anfang zwanzig, und wartete nie die Antworten auf ihre vielen Fragen ab.

Ich saß am Fenster, lehnte den Kopf an die Wand und sah hinaus. Vor dem Neubaublock parkten Autos, und dahinter wuchs das Gras wild und ungeschnitten. Mein Blick ging über die Straße, die nach Frankfurt führte. Die B 1, die früher einmal Aachen mit Königsberg verband. Aber das ist lange her. Hinter der Straße begannen Felder, und es sah aus, als würde hier nicht nur Berlin enden.

Sie taten nichts, so viel hatte ich verstanden. Irina hatte einmal ein Stück in einem Kindertheater gespielt, und Sascha wollte sich zu einem Netzwerkspezialisten umschulen lassen. Er sagte wirklich Spezialist, so, als würde dieses Wort dem Beruf mehr Bedeutung verleihen. In Russland hatte er als Dramaturg gearbeitet. «Aber hier gibt es nichts zu tun für mich», sagte er zu mir. Ich verstand die Worte «Julia» oder «Theater», die ab und zu fielen, und versuchte mir vorzustellen, wie es sein muss, in dieser Plattenbaukiste zu sitzen, in einem fremden Land und auf etwas zu warten. Auf irgendetwas. Ich wurde müde von alldem, obwohl ich nur an einem Wodka genippt hatte. Für mich war das zu früh, diese Trinkerei. Pavel wirkte konzentriert und aufgedreht. Er trank, fischte nach einer Gurke und redete ab und zu intensiv auf die kleine Russin ein. Manchmal sah er mich an, hob das Glas in meine Richtung und lächelte. Rückte seine grüne ausgefranste Mütze auf dem Kopf zurecht.

Tschechengesicht, dachte ich und wollte gehen.

Er brachte mich Stunden später zu einem kleinen Park im

Zentrum der Stadt. Früher war hier ein Friedhof gewesen. Vor langer Zeit. Jetzt stand nur noch die kleine rechteckige Kapelle in der Mitte zwischen Bäumen und Bänken. Sie war frisch renoviert, und mir fiel ein, dass ich in der Zeitung gelesen hatte, dass das Theater sie jetzt als Spielstätte nutzen wollte. Mir gefiel das damals nicht, als ich den Artikel las, und doch gefiel es mir, dass Pavel einen Schlüssel aus der Tasche zog und die große grüne Tür aufschloss. «Hier?», fragte ich. «Romeo und Julia in einer Kirche? Warum?» Und Pavel sagte: «Ich weiß auch nicht, aber sie gehört jetzt zum Theater, also muss doch auch hier gespielt werden.» Ich hockte mich auf den Boden, mit dem Rücken an die Wand. Nichts erinnerte im Inneren mehr an eine Kirche. Kein Altar, kein Taufbecken oder Heiligenbilder. An der einen Seite des Raumes war ein Podest mit mehreren Stufen, für die Zuschauersitze, die später für die Vorstellung aufgestellt werden würden. Und die andere Seite war völlig leer. Die Bühne, zu der die Schauspieler Zutritt bekamen über eine kleine Drehtür in der Wand. Rundherum gab es eine Empore, und Pavel schritt diesen Raum ab, stieß einen Zigarettenstummel zur Seite, hob schmachtend die gefalteten Hände Richtung Empore, wie zu einem Balkon, und lachte zu mir rüber. Ich hockte da rauchend und versuchte mir vorzustellen, wie sie hier spielen würden. Es gelang mir nicht, und Pavel sagte: «Komm, egal», und schob mich aus der Kirche.

«London arrived» blinkte auf der Anzeigetafel. Ich stand vor dem Gate Nummer fünf und wartete auf James. Pavel hatte mich darum gebeten, weil er zur gleichen Zeit eine Besprechung mit dem Intendanten hatte. Er hatte mich in den letzten vier Jahren noch nie um etwas gebeten, und dass er das diesmal getan hatte, sagte einiges über die Situation. Vieles. In den Jahren zuvor waren in den Wochen, in denen Pavel in dem zweiten Zimmer meiner Wohnung lebte, in meinem Arbeitszimmer, wie er sagte, obwohl ich dort eigentlich nie arbeitete, immer Freunde von ihm aus Tschechien gekommen. Sie wollten in Schlafsäcken im Auto vor der Tür schlafen, und es brauchte jedes Mal große Überredungskünste, damit sie auch hoch zu mir kamen oder in einer Wohnung von verreisten Freunden übernachteten. Es war schwer, ihnen ein Bier auszugeben oder sie zum Essen einzuladen. Und Pavel legte mir regelmäßig am Tag seiner Abreise dreihundert Mark auf den Küchentisch, und ich sagte: «Nein, das kannst du vergessen», und steckte die Scheine in seine Waschtasche oder in einen seiner Schuhe.

Er tat sich allerdings auch dieses Mal schwer. Einen Tag, bevor der Ire ankam, sagte Pavel an meinem Küchentisch: «Er hat kein Zimmer, und das Theater will ihm keines geben.» «Wer hat kein Zimmer?», fragte ich. «James, ich meine, kann er hier schlafen? Vielleicht? Bei mir? Nur bis zur Premiere. Dann findet er schon was.» «Klar kann er das.» «Und könntest du mit ihm den deutschen Text lernen? Allein wird er das nicht schaffen. Weißt du, er spricht ja kein Deutsch. Aber das geht schon. Mit dir wird das gehen.» Ich war wirklich überrascht. Nicht dass er auch mich in sein Stück einband, das freute mich sogar, vielmehr, dass er mich danach fragte. Dass es offensichtlich nicht anders ging.

James sah genauso aus wie auf dem Foto, das Pavel mir gezeigt hatte. Seine Haare waren kurz geschoren und in der Stirn schon sehr dünn, und er trug Koteletten. Er hielt den Oberkörper etwas vorgebeugt und ging irgendwie schlurfend. Ich trat auf ihn zu und sagte, wer ich sei und dass Pavel mich schickte.

«Allright man», sagte er und nickte freundlich. Wir fuhren mit dem Peugeot zurück zu meiner Wohnung, und James sah aus dem Fenster, rauchte und aschte vor seine Füße. Er guckte zu mir rüber und sagte plötzlich: «London geht nicht mehr. Geht nicht. Ist einfach zu teuer.» Ich überlegte, wie ich ihm in meinem Schulenglisch erklären könnte, was es mit Berlin auf sich hat. Aber ich nickte nur und murmelte: «Understand.»

Sie saßen in meiner Küche und redeten. Das heißt, Pavel redete und James nickte. Mit ihm hatte er weniger Mühe als mit der kleinen Russin. Er erklärte ihm, wie er sich das Stück vorstellte und dass sie in einer Kirche spielen würden. Ich ging, nicht weil mir das zu viel wurde, nur weil die Situation so neu war, weil es anders war als in den Jahren zuvor. Pavel hatte sonst immer lange mit den Schauspielern improvisiert. Er inszenierte die Stücke fast nebenbei, so wie ein Spiel. Ich kann mich besser an die Abende in den Kneipen erinnern als daran, was früher in den Zeiten der Proben geschah. Es hatte so eine Leichtigkeit, und auch wenn Pavel sich mir gegenüber benahm wie immer, so war es doch, als würde er eine Schlacht vorbereiten, als würde er jeden Schritt vorher berechnen. Als wäre dies alles lange geplant. Und ich konnte mir das nicht erklären. Deshalb lief ich ein paar Straßen kreuz und quer und setzte mich in eine Bar und trank ein Glas Bier allein.

Es lief eigentlich problemlos mit uns dreien. James lernte seinen Text und sprach ihn dann später mit mir durch. Es war eigenartig, weil er durchaus ein Gefühl für die Aussprache hatte, aber er wusste nicht wirklich, was die Worte bedeuten. Jedes Mal, wenn ich versuchte, ihm etwas über das Deutsche zu erklären, grinste er und sagte: «Ich brauche nur den Text, den Rest lerne ich später. Wenn es mir gefällt hier. Nur dann.» Es schien ihm zu gefallen. Wenn er nicht mit den anderen im Theater probte, lief er durch die Stadt und sah sich alles an. Saß in irgendwelchen Irish Pubs und schaute englische Fußballspiele. Oder er kam nach Hause mit einer orangen Sonnenbrille, die er von da an ständig trug, und sagte: «Neun Mark neunzig, und die Welt sieht anders aus.»

Und ihm gefiel Irina. Das war schon zu sehen, als sie sich das erste Mal trafen, bei mir in der Küche. Da war eigentlich schon alles klar. Sie sahen sich an, einen Moment zu lang. Und später bei den Textproben, zu denen mich Pavel einlud, als Lehrer seines Romeos, konnte ich sie weiter beobachten. Ich war tatsächlich ein wenig nervös, wenn James seinen Text vorlas, aber es ging gut. Und er wirkte so, als ob er froh war, wenn Irina ihre Passagen vortrug, wohl weil er sie dann hemmungslos ansehen konnte.

Sie sprach kein Englisch, und eigentlich konnten sich die beiden in der ganzen Zeit so gut wie gar nicht unterhalten. Trotzdem saßen sie zusammen nach der Arbeit in der Kneipe oder in meiner Wohnung, in deren Kühlschrank jetzt ständig Wodka und ein großes Glas Gewürzgurken standen. Steckten die Köpfe zusammen, ließen mich ins Englische oder Pavel ins Russische übersetzen. Oder versuchten, mit den Fingern zu reden.

Pavel machte sich darüber lustig. «Sie mögen sich, die beiden. Na ja, gut so. Für das Stück ist das gut. Wenn alles so bleibt und sie keinen Scheiß machen», sagte er und sah dabei aus, als hätte er das gewollt, als hätte er das auch in sein Stück mit eingeplant. Manchmal saß ich mit James in der Kantine des Theaters, um den Text zu lernen, und wenn Irina vorbeiging und Banalitäten sagte wie: «Kommt ihr voran» oder «Nun, wie sieht es heute aus», wendete er den Kopf und sah sie an: «Was hat sie gesagt?», fragte er, und irgendwann begann ich Dinge zu sagen wie: «Dass sie dich liebt», «Ob du mit ihr nach Hawaii durchbrennen willst» oder «Sie wartet in der Garderobe auf dich». Er lachte dann immer, schob sich die orangen Gläser vor die Augen und lachte, so ein merkwürdiges Lachen durch die Zähne und sagte: «Sie ist süß, oder? Ich mag sie wirklich. Sie gefällt mir.» Und auch Sascha blieb das nicht verbogen. Er saß jetzt öfter mit uns nach den Proben beim Wodka, trank wenig und passte auf. Nahm irgendwann sein Mädchen bei der Hand und zog es nach Hause in diese Wohnung im Niemandsland.

Wir waren fertig mit dem Text, und ich ließ sie allein. Pavel lud mich auf die Proben ein, aber ich wollte das nicht sehen. Ich wollte nur das Stück sehen, dann, wenn es fertig war. Ich habe bei Pavels erstem Stück vor Jahren einmal bei den Proben zugesehen, und mich langweilte das. Dieses immer gleiche Wiederholen von einer Stelle, so lange, bis es saß. Ich verbrachte die letzten Sommertage mit meinen Freunden im Biergarten oder im Kino, und auf ihre Fragen, was er machen würde, das Tschechengesicht, wie sie sagten, erwiderte ich wenig und trank mein Bier.

Am Abend der Premiere saßen sie noch einmal in meiner Küche. Pavel schwor die beiden ein wie ein Fußballtrainer. Dann gingen sie rüber ins Theater, um die anderen Schauspieler zu treffen, und ich blieb zurück mit Sascha, der auf einem meiner Küchenstühle hockte. Ich hätte gern etwas zu ihm gesagt, aber mir fiel nichts ein, also strich ich ihm nur mit der Hand über den Rücken. Dann zog ich mich an. Ich mochte das, dieses Sich-Anziehen für Pavels Stücke. Sonst gehe ich nie ins Theater, obwohl ich mir das immer vornehme. So, wie ich Pavel Jahr für Jahr versprach, nach Brno zu kommen, so wollte ich auch in der Zeit, in der er nicht da war, ins Theater gehen, aber es kam immer etwas dazwischen. Als ich mir dieses Mal ein weißes Hemd aus dem Schrank nahm, kam es mir vor, als müsste ich selber mitspielen.

Es war still und merkwürdig, und obwohl es nicht nach Weihrauch roch und keine Kerzen brannten, war die Stimmung doch eine andere als im Theater. Fünfzig Zuschauer saßen in der Kirche und warteten auf die Schauspieler. Nur der Diener saß schon auf der Bühne. An die Wand gelehnt, rauchend, mit einer Flasche Wodka in der Hand, aus der er ab und zu trank. Der Diener der Capulets und der Montagues, der Diener aller. Sie traten nacheinander aus der Tür. Irina sah zauberhaft aus. Sie trug ein weißes Kleid, dessen löchriger, abstehender Rock knisterte, wenn sie sich bewegte. James trug einen grauen Anzug, und als ich ihn sah, jetzt auf der Bühne sah, wusste ich tatsächlich, was Pavel an ihm gefiel. Er hatte so eine Ruhe und ließ sich Zeit mit seinen Bewegungen und Gesten. Irina stieg auf die Empore und blieb dort das ganze Stück über, und James wirbelte unten herum. Er hatte einen starken englischen Akzent, aber es wirkte keinen Moment so, als wüsste er nicht, was er dort sagen würde. Die anderen Schauspieler brachten müde ihre Argumente gegen Romeo oder Julia hervor. Und der Diener hockte an der Wand, übergab Briefe und warnte und trank. Trank sich dem Ende entgegen. Nur die beiden, nur Irina und James brannten, und ohne sich einmal zu berühren, war die Sehnsucht danach spürbar.

Es war nichts zu merken von der intensiven, akribischen Vorbereitung. Das Stück wirkte mühelos und war ein Erfolg, ohne

Zweifel. Die Leute klatschten und stampften mit den Füßen, und als beim dritten Verbeugen der Schauspieler Pavel mit auf die Bühne kam, an Irinas Hand, gab es Bravo-Rufe. Er lächelte, Kaugummi kauend, nahm seine Mütze ab und verbeugte sich langsam.

Wir liefen durch die dunklen Straßen, Pavel, James, Irina und ich. Auf der Premierenfeier hatte Pavel lange mit dem Intendanten zusammengestanden und mit den Kritikern geredet. Ich saß mit Sascha am Tresen der Kantine, und er trank Mineralwasser und sagte nichts. Trank drei Gläser, stand dann auf und ging. Allein diesmal. Er sagte: «Mach's gut», und ich nickte und sagte: «Ja, du auch.» Es sah nicht aus wie eine Niederlage, als er ging, ohne sich von den anderen zu verabschieden, er wollte wohl nur diese Nacht nicht sehen. Nur diese eine Nacht. Es war noch einmal warm draußen, und James und Irina hüpften vor uns her wie Kinder. Sie lachten und Pavel stieß mir in die Rippen. Wir kamen an der langen Fensterfront eines Restaurants vorbei und blieben stehen. Eine Hochzeitsgesellschaft tanzte dort in Abendkleidern und Smokings. Irina fasste James an der Hand und zog ihn zum Eingang, der verschlossen war. Sie klopfte und bat den Restaurantleiter: «Nur einen Tanz, dann verschwinden wir.» Die Hand des Mannes lag auf der Türklinke, er sah an ihnen hinunter auf ihre Jeans und T-Shirts und schüttelte den Kopf. Wortlos. Irina zog James die Fassade entlang, hin zum letzten Fenster, das offen stand. Sie kletterte auf das Fensterbrett und reichte ihm die Hand. Es war zu sehen, dass er nicht wollte, aber er kletterte hinterher. Sie saßen dort einen Moment, und Pavel und ich näherten uns vorsichtig. Sie sah ihn an und sagte «Go», und er lachte sein Lachen durch die Zähne, schüttelte den Kopf und sagte

«No». Und dann sprang sie, und James zögerte keinen Moment. Ließ seine Sandalen auf dem Fensterbrett liegen und sprang ihr hinterher. Sie begannen sofort zu tanzen, und keines der fünf Paare auf der Tanzfläche schien Notiz von ihnen zu nehmen. Pavel und ich standen draußen und legten unsere Arme auf das Fensterbrett. Die beiden tanzten wie ein seit Jahrzehnten verheiratetes Paar. James führte das kleine russische Mädchen, drehte es aus seinen Armen und wieder zurück. Das Ganze dauerte eine Ewigkeit, auch wenn es nicht einmal ein ganzer Song war, den die Band spielte. Und dann kam doch der Restaurantleiter und zeigte auf das Fenster. Irina nahm James an die Hand, und sie gingen langsam durch die drei Räume des Restaurants und kamen zurück auf die Straße.

Sie tanzten die ganze Nacht, auch noch in der Kneipe, in die wir dann gingen. Um den Tresen saßen vier, fünf Gestalten, und aus den Boxen kamen die Lieder des Sommers, die Lieder, die überall gespielt wurden. Pavel und ich saßen an einem Tisch und tranken Wodka und Bier, und sogar ich vermisste die Gurken in diesem Moment. Wir redeten nicht viel und sahen zu James und Irina, und dann sagte Pavel irgendwann: «Sie wollen mich hier. Eine Spielzeit oder sogar zwei. Vielleicht schon nächstes Jahr.» Er schlug mir auf den Rücken: «Dann lebe ich richtig hier, und du brauchst dein Arbeitszimmer nicht mehr herzugeben. Meine Freunde können kommen und bei mir wohnen.» Er nickte mit dem Kopf. «Und vielleicht sollte ich das mal annehmen. Oder?» Ich sah rüber zu James, der langsam seine Hände zum Takt der Musik durch die Luft zog und Irina, die ihn dabei anlächelte. Was hätte ich sagen sollen? Pavel, du bist meine umgedrehte Schwalbe, ich brauche dich, damit der Herbst kommt? Bleib in deinem Brno? In deiner grauen Stadt, die nur schön ist, wenn es dunkel wird, wie du sagst? Und ich besuche dich dort, nächstes Jahr? Ich trank meinen Wodka in einem Zug leer, stellte das Glas zurück auf den Tisch. Nahm Pavel die Mütze vom Kopf, das grüne, zerschlissene Base Cap, setzte es mir auf und sagte: «Ja, vielleicht.»

Wenn, dann

Manchmal glaube ich, dass es an meinem Namen liegt. Vielleicht wurde durch diese fünf Buchstaben mein ganzes Leben vorbestimmt. Wenn ein kleines, rotes verschmiertes Etwas nach einer schwedischen Schauspielerin benannt wird, die alle nur die Göttliche nennen, dann hat das vielleicht schon in diesem Moment etwas zu bedeuten. Dann ist der Weg nicht mehr frei für ein eigenes Leben, dann sind alle Ausbruchsversuche nur logische Schlussfolgerungen dieses Namens. Andererseits ist Clemens auch kein Allerweltsname und in Verbindung mit Albrecht klingt er sogar wunderschön.

Aber seine Eltern wollten ihm damit wohl nichts mit auf den Weg geben. Sie wählten nur einen schönen Namen, einen, der gut klingt. Sein Vater ist Maschinenbauingenieur und seine Mutter arbeitet in einer Bank, und das ist erstaunlicherweise schon fast alles, was ich über ihn weiß, trotz allem. Alles, was ich über ihn weiß, außerhalb seines Lebens, des Lebens, das er in diesem Moment führte, als ich ihn traf. Ich stelle mir vor, dass seine Eltern in einem Einfamilienhaus wohnen am Stadtrand. Dass sich sein Vater morgens mit einem Kuss von seiner Mutter verabschiedet, und vielleicht gibt es einen Hund und einen Garten mit einem geschnittenen Rasen. Es kann aber auch ganz anders sein.

Mein Vater ist Restaurator und lebt in einem erhaltenen Turm der Stralsunder Stadtmauer. Er hat ihn noch vor der Wende gekauft und dann selber ausgebaut. Zweihundert Quadratmeter über zwei Etagen in einer mittelalterlichen Stadtmauer. Meine Mutter lebt in Portugal. Sie packte kurz nach der Wende ein paar Taschen und folgte einem ihrer Liebhaber in ein Steinhaus am Fuße eines Weinbergs. Sie sagte: «Ich komme dich oft besuchen und du mich auch», was sie nicht tat und ich auch nicht. Ich weinte nicht, wie meine kleine Schwester, ließ mich von meiner fliehenden Mutter drücken, küssen und brachte sie sogar noch zum Zug. Mein Gefühl sagte mir, dass mich das nichts anging. Ich wohnte nicht mehr zu Hause, denn seit ich sechzehn war, lebte ich bei Avid und seiner Mutter draußen in Grünhufe.

Avid war der schönste Junge in der Schule. Er trug die Haare schon mit zwölf lang, rannte herum wie ein Räuber und wollte Schmied werden, ein richtiger Hufschmied. Seine Mutter ließ ihn machen, was er wollte. Er war zwei Jahre älter als ich, und ich wollte, solange ich denken kann, niemand außer ihm. Ihm mit seinen langen schwarzbraunen Haaren, den braunen Augen, die sehr klein waren, und dem kehligen, lauten Lachen seiner Mutter. Er sah mich nie, erst als ich sechzehn war und immer öfter zu seiner Mutter Sarah ging, weil ich Weberin werden wollte wie sie und weil ich mich für ihren Sohn interessierte, da bemerkte er mich. Und er wurde mein Freund, ein anderes Wort fällt mir nicht ein, ich war ja erst sechzehn. Aber er wurde natürlich mein Geliebter, mein Liebhaber, mein Mann. Wir lebten zusammen in diesem kleinen backsteinernen Bauernhaus mit schiefen Türen und Fenstern. Sarah hatte es von ihrer Mutter übernommen, und seit hundert Jahren war es kaum verändert, sieht man einmal davon ab, dass eine Heizung eingebaut wurde, dass es Strom gab, Wasser und Gas. Davor lagen ein wilder Garten, eine Wiese und eine abgetrennte Koppel für Avids Pferde. Eigene Katzen saßen in den Hecken und fremde machten ihnen das Futter streitig. Venus und Mars, die riesigen irischen Hütehunde Avids, hatten einen Zwinger direkt neben dem Haus. Sie lagen gähnend darin oder rannten über die Wiese den Katzen nach. Es war das einzige Bauernhaus in Grünhufe. In der Nachbarschaft standen noch ein paar Wochenendhäuschen, und dahinter türmte sich der graue Plattenbaubeton des Neubaugebiets Grünhufe.

Zehntausende leben inzwischen hier, und wäre es in den achtziger Jahren nach der Partei- und Staatsführung gegangen, dann würde Sarahs Haus hier auch nicht mehr stehen, und da, wo der Garten ist, würden am Sonnabend auf schwarzem Asphalt Autos gewaschen werden. Aber Sarah setzte ihren pommerschen Dickschädel durch. Sie boten ihr Geld, absurd viel Geld für die damalige Zeit. Sie sollte ein Ersatzhaus auf Rügen erhalten, und als Letztes drohten die ihr, mit allen Mitteln, die dem Staat zur Verfügung standen. Es nützte nichts. Sie mussten ihre Hochhäuser um den alten Bauernhof bauen, und Sarah musste Hecken auf die Grenzen ihres Grundes pflanzen, um wenigstens im Sitzen das Gefühl ihrer Kindheit zu haben.

Von Sarah lernte ich alles. Nicht nur weben, nicht nur dickschädelig zu sein und genau zu sagen, was man will. Ich lernte Brot backen, ich wusste, welche Früchte zu welcher Jahreszeit reifen und was man dann aus ihnen machen konnte. Ich erfuhr viel über das Mittelalter und begann mich zu kleiden wie sie, in weite, naturfarbene Kleider. Und das alles kommt mir manchmal vor wie die gerade Weiterführung des Weges meiner Kindheit. Der Nächte, in denen meine Eltern mit den Künstlern und Irren der Stadt im Turm saßen und soffen und diskutierten, und ich mich manchmal zur Tür schlich und durch einen Spalt zusah, wie sie um den großen Küchentisch aus Eiche hockten. Bis ich einschlief irgendwann und hochgetragen wurde in mein Bett und in den Schlaf geküsst mit einem Atem, der nach Rotwein roch und nach Zigaretten. Manchmal kommt mir dieses Leben in Grünhufe vor wie der direkte Weg vom Moment meiner Geburt an, wie der direkte Lebensweg von jemandem, der Greta getauft wird.

Ich traf Clemens im März. Zumindest glaube ich das. Es muss noch März gewesen sein, denn die Luft war noch winterlich klar, die Bäume standen kahl, und es war kalt. Ich hatte Liebeskummer, auch wenn ich mir das damals nicht eingestand. Avid hatte mich Anfang Dezember verlassen. Er hatte sich in eine andere verliebt, hatte mich in wenigen Wochen vergessen, und ich war zwanzig und mein Leben war vorbei, zum ersten Mal.

Auch ich hatte wie alle, die ich kannte, dem Staat eine Wohnung geraubt, in den Zeiten der Wende. Mit einem Kuhfuß hatte ich im Hafenviertel eine Tür aufgehebelt, ein neues Schloss eingebaut und mich dahinter eingerichtet mit den Möbeln, die ich auf dem Sperrmüll fand oder die mir Freunde schenkten, weil sie jetzt die Schränke und Stühle der neuen Zeit wollten. Aber ich brauchte diese Wohnung bisher nicht. Ich lebte mit Avid und Sarah in Grünhufe und nur selten, nur dann, wenn ich allein sein wollte, mich einwickeln wollte in eine Decke mit einem Buch und einer Tasse Tee, dann verschwand ich für wenige Tage am Hafen. Aber Avid hatte mich verlassen, und ich lebte immer noch auf dem Hof und wollte nicht so leben mit ihm und konnte nicht allein leben zwischen den Möbeln der anderen.

Ich fuhr also an diesem Freitag im März nach Rostock, um Christian zu besuchen. Er studierte hier, ich kannte ihn noch aus der Schule, und er war in mich verliebt seitdem. Aber ich konnte ihn mir leicht vom Leib halten. Und er hatte ein Segelboot und wollte mit mir an diesem Wochenende segeln durch die kalte Luft, zum Darß und zurück. Christian wollte noch ausgehen in dieser Nacht. Ich hatte keine Lust und ging mit. «Das wird dir gut tun», sagte er. Wie alle anderen wusste er, was mir jetzt gut tun würde. Wir fuhren in die Pumpe, ein flacher Betonbau, der sich Künstlerclub nannte. Es war laut und stickig, und die Musik gefiel mir nicht. Die meisten hier waren älter als ich, und schon beim Reinkommen waren mir ihre Gesichter zu viel. Hier traf ich Clemens. Er kam nach mir, und als er den Raum betrat, sahen wir uns kurz an. Dann stand er herum wie alle. Er redete mit einem schönen blonden Mädchen, das ihn um einige Zentimeter überragte, und trank Bier. Sein Gesicht war schmal, die lockigen Haare gingen ihm bis zum Kinn und standen so weit ab, dass sie seinen Kopfumfang verdoppelten. Er wirkte müde. Manchmal sah er zu mir und ich sah dann weg, und er redete wieder mit dem blonden Mädchen. Stunden vergingen so. Christian verschwand, tanzte ausgelassen, holte Bier und kam zu mir zurück. Er umarmte mich, küsste mich auf den Hals und ich schob ihn weg, leicht, aber entschieden.

Irgendwann setzte sich Clemens mit diesem blonden Mädchen am Rand der Tanzfläche auf den Fußboden, und ich setzte mich wenig später neben ihn. Damals dachte ich, dass ich das tat, weil ich nicht mehr stehen konnte, aber heute bin ich mir nicht mehr so sicher. Wir starrten auf die Tanzfläche, und ab und zu beugte sich das Mädchen zu Clemens und sagte ihm etwas ins Ohr, und er nickte daraufhin nur. Dann plötzlich, als wäre ihm die Stille zwischen uns zu viel, sah er mich an und sagte: «Du siehst traurig aus.» Ich war wütend.

Vielleicht wollte ich, dass er mich ansprach, aber ich wollte nicht, dass er meinen Zustand, den ich nicht wahrhaben wollte, auf einen Satz reduzierte. «Bin ich aber nicht», sagte ich und dann noch etwas von zu lauter Musik und zu vielen Menschen. Er drehte seine Bierflasche in den Händen und sagte: «Du siehst aber so aus.» Wir redeten über die Pumpe und die Leute mit ihren roten, entrückten Gesichtern. Das blonde Mädchen stand auf, küsste Clemens auf die Wange und ging mit einem anderen, den ich bis dahin nicht beachtet hatte, der aber die ganze Zeit neben ihr gesessen hatte. Wir gingen in den Nebenraum, in dem es nicht so laut war, und hier an diesem Tisch, voll mit leeren Bierflaschen und Gläsern, redete er über sein Leben, redete vielleicht mehr als in den gesamten Monaten danach. Ich vergaß fast alles sofort wieder, aber auch er war unglücklich, und er sagte: «Ich lebe im falschen Leben.» Und ich sagte ein wenig gelangweilt und überlegen: «Dann tu etwas dagegen.» Er antwortete: «Es ist noch nicht die Zeit dafür.» Clemens studierte Maschinenbau, wie sein Vater es getan hatte, und das wollte er nicht mehr. «Ich interessiere mich nicht für Statik und Metall, und das Öl riecht manchmal wie Blut», sagte er. Christian kam und sagte, ohne Clemens zu beachten: «Ich würde gern gehen.» «Ja, mir reicht es auch», sagte ich, und Clemens folgte uns. Er zog eine blaue, enge Lederjacke an, in der er absurd aussah, wie ein Stasispion an einer Häuserecke. Ich gab ihm die Telefonnummer in Grünhufe und er mir seine Adresse. «Du kannst mich ja mal anrufen, und dann reden wir weiter», sagte ich. «Ja», sagte er, und ich stieg in Christians roten Wartburg Kombi. Der Motor lief schon, und Christian fuhr los, bevor ich die Tür richtig geschlossen hatte. Ich drehte mich nicht um, aber ich wusste, dass Clemens uns nachsehen würde.

Wir schliefen bis zum Mittag. Ich wollte nicht mehr segeln, es regnete auch den ganzen Tag. Am nächsten Abend gingen wir noch einmal tanzen, und ich sah mich nach Clemens um, denn Rostock ist klein und hier trifft man sich oft. Aber er war nicht da, ich vergaß ihn und tanzte die ganze Nacht. Dann fuhr ich wieder nach Stralsund und fühlte mich wohler. Avid war bei seiner neuen Liebe, und ich arbeitete am Webstuhl und las und redete mit Sarah. Ich erzählte ihr nicht von Clemens. Er rief nicht an, und ich suchte nicht nach dem Zettel mit seiner Adresse.

Der Frühling kündigte sich an im April, mit warmer Luft und den ersten Knospen im Garten. Dann rief er doch an. Er hielt sich nicht an die Regeln. Er wartete nicht drei oder vier Tage, es dauerte zwei Wochen. Aber ich war nicht zu Hause. Sarah sagte: «Ein Clemens hat angerufen. Schöne Grüße», sie zog fragend die Augenbraue hoch und lachte laut und kehlig. Ich musste tatsächlich einen Moment überlegen, bis mir der Junge in der engen blauen Lederjacke einfiel. «Hat er sonst noch etwas gesagt?», fragte ich. Sarah schüttelte den Kopf und sagte: «Nur die schönen Grüßc.»

Zwei Tage später fuhr ich sowieso nach Rostock. Ich meine, nicht seinetwegen. Christian wollte mit mir zu einem Konzert im Mau, einem Club in der Altstadt. Also konnte ich bei Clemens vorbeigehen, auch um mir zu beweisen, wie unwichtig Anrufe von ihm für mich waren. Schnell fand ich den Zettel, auf dem mit ungelenker Schrift seine Adresse stand, und genauso schnell fand ich seine Wohnung im Komponistenviertel, einer Siedlung mit kleinen dreigeschossigen Backsteinhäusern aus den dreißiger Jahren. Er war überrascht, mich zu sehen, sichtlich überrascht. Die Wohnung war winzig klein, zwei Zimmer und eine Küche, jeweils zehn Quadratmeter groß, und ein Klo auf dem Korridor. Sie war funktional eingerichtet mit fünfziger Jahre DDR-Möbeln und billigstem Ikea-Schrott. «Wie kommst du an eine Wohnung in so einer Gegend?», fragte ich ihn. Niemand in unserem Alter wohnte zu dieser Zeit in so einer Gegend, jedenfalls nicht ohne Beziehung. «Ich habe sie besetzt», sagte Clemens. Es gab viele Schwarzwohner in Rostock, viel mehr als in Stralsund, aber die lebten alle in der Altstadt in ähnlich heruntergekommenen Häusern wie ich. «Na ja», sagte er. «Sie stand frei, und sie gefiel mir, und noch haben sie mich nicht erwischt.» Dann sah ich es auch. In der Küche gab es keinen Wasserhahn, nur einen Waschmaschinenanschluss, und von dort hing ein kurzer hellblauer Schlauch in das Waschbecken. Die Scheibe des Klofensters war gesprungen, und die Türgriffe stammten zweifellos noch aus der Entstehungszeit des Hauses. Alles Zeichen einer illegalen Existenz, Mängel, über die man sich nicht beschweren kann, wenn man keinen Mietvertrag besitzt. Aber die Wohnung war schön. Sie war hell, und die Aufteilung wirkte wie in einer Puppenstube. Vor dem Schlafzimmerfenster stand ein Baum, dessen Knospen kurz vor dem Aufbrechen waren.

Clemens' Überraschung war verflogen, er kochte sehr selbstverständlich Tee für mich und Kaffee für sich. Wir saßen im mittleren Zimmer auf Gartenliegestühlen. Auf dem Schreibtisch lagen dicke aufgeschlagene Fachbücher und Aufzeichnungen. «Und das Studium?», fragte ich, und Clemens lachte und sagte: «Die Bücher liegen da schon seit zwei Wochen so.»

«Also hast du aufgehört?»

«Nein, noch nicht.»

Dann wusste ich nicht mehr, was ich sagen sollte, und hielt mich an meiner Tasse Tee fest. Es hätte nur noch eine tickende Uhr gefehlt. Clemens sagte, dass er auch eine Karte für das Konzert am Abend habe. «Dann sehen wir uns ja», sagte ich und sprang auf. Ich wollte weg, weg von ihm. Vor der Tür kam mir diese Flucht absurd vor, und ich ging mit langsamen Schritten zu Christian und freute mich auf das Konzert.

Diesmal kam ich nach ihm. Er stand in der Nähe des Eingangs und redete wieder mit diesem blonden Mädchen. Sie nickte mir wissend zu und er umarmte mich. Eine Weile standen wir zusammen, dann schob ich Christian in den Saal und hielt mich an ihm fest. Ich blieb das ganze Konzert über an Christians Seite, auch wenn ich wusste, dass Clemens nie weit war. Die Band spielte, aber ich fand den Takt nicht, am liebsten wäre ich schon vor der letzten Zugabe verschwunden. Dieses Mal drängte ich Christian zu gehen. Am Ausgang strich ich Clemens über den Arm und sagte: «Ruf mich mal an», und er sagte: «Mach ich.» Er brachte uns nicht zum Auto und sah uns nicht nach.

Diesmal wartete er nicht. Er rief am nächsten Tag an, und ich hätte es keine Sekunde länger ausgehalten. Ich saß in der Küche und starrte auf das Telefon. Sarah ging an den Apparat, sie hielt mir den Hörer entgegen, bedeckte die untere Muschel mit ihrer Hand und sagte «Clemens», diesmal ohne zu lachen. Er fragte nicht, wie es mir ging, und ich redete über den Frühling und wie gut es mir ging. Dann lud er mich ein, mit ihm am übernächsten Wochenende zum Seifenkistenrennen an die Kunstschule nach Heiligendamm zu fahren. Mir gefiel das, auch wenn es lange dauern würde, und er sagte, dass ich bei seiner Nachbarin anrufen könne, wann ich nach Rostock kommen würde.

Aber ich rief ihn nicht an. Mir fiel ein, dass ich an diesem

Sonnabend für den Mittelaltermarkt in Stralsund zugesagt hatte. Das schrieb ich ihm in wenigen Zeilen. Ich hatte wieder Boden unter den Füßen, er sollte etwas unternehmen, nicht ich. Er meldete sich nicht wieder. Nachdem ich den Brief eingeworfen hatte, wartete ich auf eine Nachricht, aber sie kam nicht. Zehn lange Tage passierte nichts und ich dachte: Was bildet der sich ein. Der Sonnabend wurde der erste richtige Frühlingstag. Es war warm, und so ertrug ich es, dass dieses Mittelalterfest in der Altstadt nur aus einem Lautenspieler, einer Töpferbude und mir bestand. Ich saß hinter dem Webstuhl und dachte an gar nichts.

Und dann stand er plötzlich da. Er lehnte am Nachmittag an einem Baum, einen großen Blumenstrauß in der Hand, den er mit den Blüten nach unten hielt, und lächelte. Ich weiß nicht, wie lange er so dastand, aber ich weiß noch, dass ich aufsprang und auf ihn zuging und dabei merkte, dass auch ich lächelte. «Was ist mit dem Fest?», fragte ich, und er drückte mir die Blumen in die Hand und sagte: «Da wollte ich doch mit dir hin, und auf die Party dort am Abend können wir immer noch gehen.» Plötzlich war mir dieser mickrige Mittelaltermarkt peinlich und ich drehte mich um, zeigte auf den Webstuhl und sagte: «Ich muss noch eine Stunde hier sitzen.»

«Dann sehe ich mir Stralsund an und hole dich in einer Stunde ab.»

Meine Schwester kam nach einer Weile, ich hatte das völlig vergessen. Meine Eltern haben sie Kathrin getauft, vielleicht, weil auch sie müde waren von dem Namen Greta und lieber etwas Normales wollten beim zweiten Kind. Sie wohnte bei meinem Vater im Turm, ertrug die Schule und wollte erwachsen werden. Manchmal besuchte sie mich auf dem Hof, und seit

Avid sich von mir getrennt hatte, verbrachten wir einige Wochenenden zusammen in der Wohnung am Hafen. Dann wollte sie ausgehen, trinken und tanzen, und ich wollte viel lieber mit ihr allein sein, wie mit einer Ersatzfamilie. Sie sah schön aus, meine kleine Schwester, hatte sich schon zurechtgemacht für den Abend mit einem schwarzen Kleid und einem hellblauen Tuch in den Haaren. «Willst du auf eine Party in der Kunstschule in Heiligendamm?», fragte ich und wusste, dass sie zu nichts auf der Welt mehr Lust hatte.

«Klar», sagte sie. «Und wie kommen wir dahin?»

«Mit Clemens.»

«Clemens, wer ist Clemens? Hast du mir was zu erzählen?», sagte sie und lachte ebenfalls, wenn auch nicht laut und kehlig.

«So 'n Typ», sagte ich und baute meinen Webstuhl ab.

«Aha», sagte Kathrin und half mir. Clemens kam, begrüßte meine Schwester und dann gingen wir. Der Lautenspieler wollte meinen Webstuhl nach Grünhufe bringen, und ich ging schnell nach Hause, um mich etwas weniger mittelalterlich anzuziehen. Ich wollte nicht, dass Clemens mit in meine Wohnung kommt, wollte nicht, dass er etwas von mir sieht, und ließ ihn am Marktplatz mit meiner Schwester stehen. Als ich zurückkam, sah ich ihn schon von weitem mit meiner Schwester reden. Er sagte etwas, und Kathrin lachte und bog dabei den Kopf nach hinten.

Clemens hatte sein Auto an der Stadtmauer geparkt, einen hellgrünen VW-Käfer. Kathrin kletterte nach hinten und ich setzte mich auf den Beifahrersitz. Bevor wir die Stadt verließen, kamen wir an Grünhufe vorbei, aber man konnte nur die Neubauten sehen, karg und grau. Es dämmerte, und wir fuhren die gewundene B 105 am Meer entlang Richtung Rostock. Clemens schob eine Tom-Waits-Kassette in den Recorder, ich stemmte die Füße gegen das Handschuhfach, zündete eine Zigarette an und gab sie ihm wortlos. Er nahm sie, und ich wurde das Gefühl nicht los, dass er all das genau so geplant hatte. Den Sonnenuntergang, Tom Waits, meine Füße am Handschuhfach und auch die Zigarette. «Kann ich auch eine haben?», fragte Kathrin und ich sagte: «Mensch, du bist sechzehn und rauchst wie 'n Schlot.»

«Willst du mir jetzt erklären, was man mit sechzehn nicht darf? Ausgerechnet du?», sagte Kathrin und dann: «Was machst du, Clemens, außer so rumfahren?» Er saß da, die rechte Hand mit der Zigarette am Lenkrad und zwei Finger der anderen vor dem Mund. «Nichts, ich mache eigentlich nichts.»

«Er studiert Maschinenbau», sagte ich, reichte Kathrin eine Zigarette und zündete mir selber eine an.

«Na ja, das habe ich bisher gemacht. Aber das werde ich nicht weiter tun.»

«Sondern?», fragte Kathrin.

«Keine Ahnung. Jedenfalls nichts mit Metall und Öl.»

«Wie alt bist du denn, Clemens?»

«Vierundzwanzig.»

«Ich dachte, da weiß man, was man will.»

«Ja, das dachte ich auch», sagte er und warf seine Zigarette aus dem Fenster.

Die Kunststudenten in Heiligendamm leben in einer alten Villa wenige Meter vom Meer entfernt. Clemens stellte sein Auto davor ab und ich fragte: «Kennst du hier jemanden?»

«Freunde», sagte er.

Es war dunkel, als wir ankamen. In den Werkstätten und Zimmern standen Leute und tranken und redeten; im Keller lief laut Musik, und auf dem Hof, da wo die Seifenkisten vom nachmittäglichen Rennen standen, spielte eine Band. Clemens begrüßte seine Freunde, und ich nahm meine Schwester bei der Hand und ging mit ihr in den Keller, wir tanzten und tranken und wehrten Annäherungsversuche ab. Dann gingen wir wieder auf den Hof, wo Clemens auf einem Fass saß, mit angezogenen Beinen, und mit einem anderen Jungen redete. Kathrin wollte sich dazustellen. «Na, gefällt es euch?», fragte er, und ich sagte «Ja» und zog meine Schwester wieder in den Keller.

Er saß eigentlich die ganze Zeit auf dem Fass und redete mit irgendwelchen Leuten. Einmal kam er in den Keller herunter. Kathrin stellte sich zu ihm, teilte ihren Wein mit ihm, und ich blieb auf der Tanzfläche. Ich wollte, dass er mich tanzen sah, wollte, dass er sah, wie ich mich drehte und angesehen wurde aus den Ecken. Dann ging er wieder hoch auf sein Fass, und da saß er noch, als Kathrin und ich hochkamen, weit nach Mitternacht, und sagten, dass wir gehen wollten.

Die Äste der Allee zwischen Heiligendamm und Bad Doberan hingen tief und ergaben einen gespenstischen dunklen Tunnel, nur ab und zu blitzten die Lichter der entgegenkommenden Autos auf. Clemens schob noch einmal Tom Waits in den Recorder, ich gab ihm wieder eine brennende Zigarette, und er drehte die Fensterscheibe runter, hielt seine Locken in den Wind und sang den ganzen «Grapefruit Moon» mit. «Willst du denn auch malen, wie die in Heiligendamm?», fragte Kathrin, und Clemens lachte und sagte: «Ich? Ich kann nicht mal einen Pinsel halten.» Er fuhr ohne zu fragen zu seiner Wohnung in Rostock. Wir gingen die Treppen hoch, und Kathrin lehnte sich immer wieder lachend an die Wand, betrunken und glücklich.

Clemens deutete auf sein Bett und sagte: «Ihr könnt hier schlafen.» Die Knospen des Baumes vor dem Fenster waren aufgegangen. Es war, wie ich jetzt sah, eine japanische Kirsche, die über und über mit rosa Blüten bedeckt war, die sogar noch im Dunkeln leuchteten. Clemens baute sich im Nebenzimmer ein Bett aus den Polstern der Gartenstühle, und Kathrin hockte vor der Glasscheibe des kleinen Dauerbrandofens, der vor der Wand stand. «Kann man das Feuer sehen, wenn er an ist?», fragte sie, und Clemens sagte: «Ja.»

«Mach ihn an», sagte sie. «Mach ihn bitte, bitte an», und dabei hüpfte sie albern von einem Bein auf das andere.

«Aber es ist Mai. Es ist zu warm», sagte Clemens lachend.

«Dann machen wir die Fenster auf.»

Ich lag mit meiner Schwester im Bett, und Clemens heizte diesen Ofen mit den paar Kohlen, die noch vom Winter daneben standen.

«So», sagte er, und die Schatten des flackernden Feuers waren an der Decke zu sehen. «Dann schlaft mal schön», und meine Schwester rutschte an mich heran und sagte: «Hier ist Platz genug. Du passt hier auch noch rein.» Er legte sich neben sie und drehte sich zur Wand. Kathrin schlief vermutlich als Einzige sofort ein. Sie hatte ein Lächeln auf dem Gesicht und schnarchte leise. Ich war hellwach und sah abwechselnd auf die rosa Blüten über mir und das Feuer vor mir. Kathrin drehte sich von mir weg und umfasste Clemens im Schlaf. Ich weiß nicht, ob er noch wach war, aber er bewegte sich nicht und atmete gleichmäßig.

Der Morgen war einfach. Clemens holte frische Brötchen und bereitete in der Küche ein Frühstück. Er stellte den Küchentisch vor das Fenster, und wir saßen dort und konnten auf die kleinen Schrebergärten sehen, die zwischen den Häusern standen und in denen geharkt und gepflanzt wurde. Wir redeten und rauchten und saßen lange so. Dann fuhren wir mit dem Käfer nach Warnemünde und liefen am Alten Strom auf und ab, aßen Fischbrötchen und gingen ein Stück am Meer. Clemens brachte uns an die B 105 und setzte uns an einer Tankstelle ab. «Passt auf, mit wem ihr mitfahrt», sagte er und ich antwortete: «Wir sind ja zu zweit.» Er küsste mich auf die Wange und sagte: «Denk mal an mich», und dann fuhr er zurück in die Stadt.

Ein schweigsamer Bauer nahm uns bis nach Stralsund mit, und Kathrin sagte: «Clemens ist süß, und irgendwie erinnert er mich an Avid.» Ich hätte sie schlagen können dafür und sagte: «Wieso das denn. Er sieht anders aus und redet über andere Dinge, wenn er denn redet und überhaupt.»

«Tja, ich weiß auch nicht.» Und dann sagten wir nichts mehr und sahen aus dem Fenster. Kathrin wollte sofort nach Hause, und ich wusste nicht wohin. Also ging ich in meine Wohnung und saß dort im Dunkeln. Dann nahm ich die Blumen von Clemens aus der Vase und lief nach Grünhufe. Sarah sagte: «Schöne Blumen», und Avid war nicht da. Ich kochte Tee und ging in mein Zimmer unter dem Dach und hängte den Strauß mit den Blüten nach unten an einen Balken. Ich wollte, dass er so bleibt wie in diesem Moment. Clemens hatte mir eine Kassette geschenkt, und ich schob sie in den Recorder. Es waren Liebeslieder von Ulla Meinecke, und ich musste lachen, weil niemand mehr so etwas hörte. Und dann lag ich rauchend auf meinem Bett und hörte die Kassette zweimal und schlief irgendwann ein, so wie ich war.

«Denk mal an mich», hatte er beim Abschied gesagt. «Denk mal an mich», und ich tat nichts anderes mehr. Ich schlief lange, hörte die Kassette im Walkman und saß im Garten, eines der Katzenbabys unter meinem Kleid, und schrieb das Clemens. Jeden Tag schrieb ich ihm und schickte keinen der Briefe ab, und er meldete sich auch nicht. Avid kam und setzte sich zu mir. Er wollte seine Araberstute zum Decken bringen und fragte, ob ich mit will. Und ich half ihm, das zitternde, schwitzende Tier in den Anhänger zu schieben. Wir standen am Koppelzaun und sahen zu, wie der Hengst immer wieder die Stute bestieg. Rauchten und redeten über die Pferde, und ich dachte an Clemens und ich wollte es nicht. Nicht hier mit Avid. Später im Garten schrieb ich Clemens auch von den Pferden. Im Antiquariat fand ich ein Buch mit Liebesbriefen, die Henry Miller kurz vor seinem Tod an eine junge Frau geschrieben hatte. «Brenda Liebste», und ich dachte «Clemens Liebster» und wollte, dass er es auch liest.

Am Sonntag musste ich nach Hamburg fahren, und ich hasste das. Aber auch Weberinnen müssen eine Berufsschule besuchen, und die war in Hamburg. Ich wäre lieber in Grünhufe geblieben. Die Briefe und das Buch lagen neben meinem Bett, und ich packte alles in meine Tasche und fuhr am Mittag nach Rostock. Das lag auf dem Weg, und ich wollte es auch. Clemens schlief noch, öffnete erst nach dem dritten Klingeln die Tür und umarmte mich. «Sollen wir an die Ostsee fahren?», fragte er und zog sich an. Wir liefen nebeneinander die Promenade in Warnemünde entlang, und ich wusste, dass er zum FKK-Strand gehen würde. Er zog sich aus und legte sich auf sein Handtuch. Dünn und knochig sah er aus. Ich legte mich daneben und schloss die Augen und erzählte ihm von Henry Miller und dem Buch. Er hörte mir zu, und irgendwann beugte er sich über mich und küsste mich. Wann wir das erste Mal miteinander geschlafen haben, daran erinnere ich mich nicht mehr, aber dieser Kuss kommt mir vor, als sei es gestern gewesen.

Ich gab ihm dann doch die Briefe und das Buch und fuhr nach

Hamburg, und Clemens rief mich jeden Tag an. Das nächste Wochenende verbrachte ich bei ihm, und wir fuhren ans Meer und er kochte und wir gingen tanzen. «Was machst du, was machst du denn den ganzen Tag?», fragte ich, und er sagte: «Nichts. Seit ich denken kann, war immer etwas. Schule, Lehre, Armee, Studium. Immer irgendetwas. Jetzt schlafe ich und lese oder fahre an die Ostsee, gehe ins Theater und ins Kino oder trinke abends mit meinen Freunden. Noch kriege ich BAföG, und das nehme ich, solange es geht. Und dann, dann mal sehen.»

In der folgenden Woche besuchte er mich in Hamburg, und wir lagen am Abend in Övelgönne an der Elbe, er hielt mich im Arm, und wir tranken Rotwein aus der Flasche und stellten uns vor, wohin die Frachter fahren würden. Ich erzählte ihm von meinen Eltern, von meiner Mutter und von Portugal, und er sagte, dass ich sie besuchen sollte. «Immerhin ist sie deine Mutter.» Auch von Avid erzählte ich ihm, und von meiner Liebe zu ihm und dass ich ihn als Freund behalten wolle. Er sah mich an und sagte: «Das geht nicht. Liebe oder Freundschaft. Entweder oder. Wenn du ihn als Freund behalten willst, dann willst du ihn doch immer noch als Geliebten.» Ich sagte lange nichts und dann, dass ich aber daran glauben würde. Aber ich war mir nicht mehr sicher. Auf jede meiner Fragen hatte er eine Antwort. Er war wie ein Spiegel, der mich selbst zurückwarf, und war mir immer noch fremd. Ich wusste nicht, was in ihm vorging, er war einfach da, wenn ich es wollte.

Die drei Wochen waren um, und ich fuhr zu Clemens. Ich wollte, dass er mit nach Stralsund kam. Er hatte gekocht und nach dem Essen fuhren wir mit dem Käfer zu mir. Ich legte die Ulla-Meinecke-Kassette ein, und wir fuhren schweigend durch die Nacht. Er lief durch meine Wohnung wie durch ein Museum und sah sich jedes einzelne Bild und jedes Möbelstück an. Seine Finger fuhren über die alte Holztruhe meiner Großmutter und er sagte: «Schön.»

Am nächsten Morgen stand er, als ich aufwachte, nackt am Fenster und sah der Hiddenseefähre beim Anlegen zu. «Sollen wir nicht rüberfahren?», fragte er, und ich sagte: «Nein. Heute Abend ist ein Fest auf Rügen, und vorher möchte ich mit dir nach Grünhufe.» Ich glaube, er hatte Angst davor, und das fand ich nicht unangenehm.

Ich wollte wohl, dass er seine Selbstverständlichkeit verliert, und er verlor sie. Sarah und ich backten Kuchen für den Nachmittag, und Clemens saß stumm in der Küche. Er wollte mein Zimmer sehen, und ich sagte: «Nein.» Ich sollte ihm wenigstens das Haus zeigen, und ich sagte, dass ich zu tun hätte, und er ging in den Garten und legte sich ins Gras. Unsere Freunde kamen, weil sie mit auf das Fest am Abend wollten, und Clemens redete mit niemandem. Er war einsilbig. Sarah deckte den Tisch, und nach dem Essen drehte sie einen Riesenjoint und ließ ihn rumgehen. Auch Clemens zog daran. Sarah redete über Hieronymus Bosch, wie so oft beim Kiffen, und darüber, dass er gekifft haben muss, um so zu malen. «Sonst geht das doch gar nicht», sagte sie und lachte ihr lautes, kehliges Lachen. Und plötzlich fixierte sie Clemens und fragte, was er dazu meinen würde. «Keine Ahnung, ich kenne keine Bilder von ihm», sagte er und schwieg wieder.

Er blieb still, auch während des Festes auf Rügen. Wir bauten eine Tafel auf und trugen Wein und Essen auf die Wiese. Drei Musiker spielten, und ein riesiges Feuer brannte in der Mitte. Und Clemens lag etwas abseits, lächelte und trank. Ich glaube, er trank viel in dieser Nacht, viel mehr als sonst. Er lag da wie ein weißes Blatt Papier, hatte sein Leben einfach wegradiert und wartete anscheinend auf ein neues. Er sprach nicht, guckte nur und sah irgendwie blöde aus in seiner blauen, engen Stasilederjacke. Ich setzte mich kurz zu ihm, und er sah mich an und fragte: «Liebst du mich?»

«Was soll das, Clemens», sagte ich und erzählte, dass ich bald meine Mutter besuchen würde. Ich glaube, er wäre gern mitgefahren nach Portugal, und ich weiß nicht, was ich gesagt hätte, wenn er mich in diesem Moment gefragt hätte, aber das tat er nicht. Er sagte nur: «Das ist gut», und ich ließ ihn wieder allein, tanzte und redete mit den anderen. Wir schliefen auf der Wiese in Schlafsäcken. Vielleicht gab es dadurch keine Berührung zwischen uns in dieser Nacht. Clemens wollte noch einen Tag bei mir bleiben, obwohl ich ihm sagte, dass ich in Grünhufe schlafen würde. Mir war das zu viel. Ich schickte ihn weg, sagte: «Ein andermal», und er ging. Er rief mich an am nächsten Tag und sagte: «Ich fahre morgen nach Paris, das wollte ich schon lange.» Irgendjemand lebte dort, seine Schwester, sein Bruder, ich weiß es nicht mehr. Und diesen Irgendjemand wollte Clemens besuchen, und ich wollte sagen: «Fahr nicht.» Aber ich sagte: «Das wird dir gut tun.» Er sagte: «In zwei Wochen bin ich wieder da, und vielleicht bist du ja dann ein bisschen klarer im Kopf.» Das war wieder so ein Satz, und ich wusste nicht, was ich sagen sollte, und sagte nur: «Komm bald wieder.»

Aber ich wurde klar im Kopf, ich ordnete alles in wenigen Tagen. Erst vermisste ich Clemens, sah ihn durch Paris laufen am Eiffelturm vorbei und hörte in Gedanken dabei Akkordeonmusik, wie in französischen Filmen. Aber nach ein paar Tagen kam Jan, ein Freund von Avid. Auch er war Hufschmied und wollte eigentlich Avid besuchen, aber der ließ sich nicht sehen. Also besuchte er mich, und ich wurde ruhig. Ich wollte Avid, das wusste ich jetzt, und wenn ich ihn nicht bekommen konnte, dann wollte ich einen, der so aussah wie er und so redete wie er. Also holte ich Jan irgendwann in mein Zimmer und küsste ihn hart und hastig. Ich wusste, dass er mich mag. Ich wusste, dass ich nicht verlieren konnte. Er blieb in Grünhufe, und ich plante meine Portugalreise mit ihm und zerriss die Karten aus Frankreich, die im Briefkasten lagen.

Nach zwei Wochen kam Clemens. Ich hörte das Knattern des Käfermotors hinter der Hecke und zog die Schultern hoch. Langsam betrat er den Garten, warf einen kurzen Blick auf Jan, der das abgemähte Gras zusammenharkte. Er kam auf mich zu, küsste mich und sagte: «Hallo.» Sarah rettete die Situation, besser gesagt rettete sie mich. Sie hielt Clemens einen Besen hin: «Wir räumen hier gerade ein bisschen auf, hilfst du uns?», sagte sie und deutete auf den Hundezwinger. Clemens nahm den Besen und fegte sehr langsam den kahlen Drahtverschlag. Es dauerte ewig. Danach ging ich zu ihm, deutete auf Jan und sagte: «Ich habe schon Besuch, und zwei sind zu viel.» Er sagte nichts, griff in seine Hosentasche und holte ein Paar hölzerne runde Ohrringe hervor. «Aus Paris. Habe ich dir mitgebracht.»

«Vielleicht solltest du sie jemand anderem schenken», sagte ich sehr sicher und versuchte, seine Hand zu schließen. Aber er öffnete sie, legte die Ohrringe in meine Hand und sagte: «Ich habe sie dir mitgebracht.» Dann drehte er sich um und verließ den Garten. Ich hörte, wie er das Auto startete, und wünschte mir, dass er den Motor hochjagen würde. Es passierte nicht. Langsam wendete er den Käfer, und ich hörte, wie er wegfuhr. Ich wusste, dass ich ihn nicht wiedersehen würde, und ich habe ihn nie sehr vermisst. Nur in diesem Moment, in diesem kurzen

Moment seiner Abfahrt empfand ich einen Schmerz. Ich wäre gern mit ihm gefahren auf die B 105, mit heruntergelassenen Scheiben und Tom-Waits-Musik. Dann hätte ich meine Beine gegen das Handschuhfach gestemmt und wäre glücklich gewesen. Nur diesen Moment lang, nur während der Fahrt.

Zu weiß, zu blau, zu ocker

Sie sagt: «Der Kater ist tot.» Weiter sagt sie nichts. Sie sagt nicht, dass sie Georg vermissen würde, sie sagt nicht, dass er ihr fehlen würde beim Einschlafen, sie sagt nicht, dass sie froh sei über die Trennung oder traurig. Es gab nichts zu bereden. Sie sagt nur, dass der Kater tot sei, einfach so und ohne vorher ihren Namen zu nennen.

Georg klemmt den Hörer zwischen Ohr und Schulter, zündet sich eine Zigarette an und schiebt das Frühstückschaos vor sich auf dem Tisch zur Seite. Er sagt: «Ach.» Es ist das erste Telefonat seit Wochen, und er hat es sich anders vorgestellt. Eigentlich hat er es sich gar nicht vorgestellt. Das Kind wäre jetzt noch nicht einmal geboren.

Er weiß, wie sie dasitzt, sieht sie vor sich, im großen Zimmer, in der Nische auf dem Fensterbrett, grauweiße dicke Wollsocken an den Füßen, mit einer Tasse Tee neben sich, dampfend. Vor ihr, hinter der Scheibe, wird sie den Gravensteiner sehen können, inzwischen ohne Blätter und mit Ästen so dünn, dass man ihm mehrere Kisten voll rotgelber Äpfel im Herbst nicht zutrauen würde. Der Taubenschlag auf dem Grundstück nebenan ist verwaist, seit Jahren schon.

Die Nachbarhäuser sind sichtbar ohne das Laub. Das Gewinnerviertel, wie sie das nennt. Erst Herrenviertel, das Naziviertel, das Russenviertel, dann Kommunistenviertel und Geldviertel jetzt. «Ich habe mich hier reingestohlen damals», hatte sie gesagt. «Ich war zu schnell für sie. Und nun kriegen sie mich nicht mehr rausrenoviert.» Der Taubenschlag wird der einzige bleiben, wird abgerissen werden, sobald das Haus verkauft ist. So etwas gehört nicht dahin, so etwas gehört in die Vorstädte, und auch dort hat man so etwas vergessen. «Es ist schön hier, wenn man die Gewinner ignorieren kann», hatte sie gesagt. «Du hast den See auf der einen Seite und auf der anderen Seite noch einen. Du lebst zwischen dem Wasser und den Bäumen, und tagsüber ist es still hier. Dann fahren sie zum Geldmachen und lassen nur ihre Frauen hier, und die siehst du kaum, die sind wie unsichtbar hinter den Häuserwänden und Gartenhecken.»

«Er hatte nicht mal einen Namen», sagt Georg und ascht in die leeren Eierschalen vor sich. Immer ein Ei zum Frühstück, weich gekocht, fünf Minuten. «Er brauchte ja auch keinen. Der Kater gehörte mir nicht, also habe ich ihm auch keinen Namen gegeben», sagt sie. Ihre Stimme klingt wach. Frühaufsteherin, Morgengrauenmensch.

Die Morgen sind schön, dort wo sie lebte, dort im Gewinnerviertel. Sie beginnen im Sommer mit Vogelstimmen, und im Herbst, also jetzt, liegt manchmal Nebel über den Gärten, an klaren Tagen ist durch die entlaubten Bäume der Dom zu sehen in weiter Ferne. Sie steht dann auf und beginnt. Für Georg ist das zu früh gewesen, er ist jeden Morgen allein dort aufgestanden, kennt die Vogelstimmen nur im Halbschlaf und weiß vom Nebel nur durch ihre Fotos. Sie kam zu ihm, wenn er frühstückte, unterbrach ihre Arbeit für eine Viertelstunde, trank ein Glas Orangensaft und sah ihm zu beim Essen, Zeitunglesen, bei der ersten Zigarette, die in der Eierschale ausgedrückt wurde. Auch er verschwand wie die Gewinner an jedem Morgen, wenn auch mit dem Fahrrad. Runter zum See und zehn Minuten in die Stadt. «Du kannst jeden Tag mit dem Fahrrad fahren», hatte sie gesagt, als er bei ihr einzog, so als ob es ein Argument wäre. Er wusste nicht, ob er allein auf die Idee gekommen wäre. Aber er fuhr dann jeden Tag, und er mochte es. Das fehlte ihm jetzt.

Er wusste, der Kater saß nun nicht mehr auf der anderen Seite der Scheibe bei ihr. Er würde nicht mehr seinen grau gescheckten Schädel am Glas reiben oder seine Pfote dorthin legen, wo sie ihm einen Finger hinhielt. Hoffnungsloses Unterfangen. Sie ließ ihn nie rein. Niemand ließ ihn rein. Er war herrenlos, gehört einem der Gewinner aus der Nachbarschaft, gekauft für die Kinder und vergessen. Er holte sich sein Fressen bei den Frauen in der Gegend, bei denen, die zu Hause waren tagsüber. Aber er blieb überall nur so lang, bis der Napf leer war. Hörte dann auf mit dem Schnurren und verschwand lautlos. Nur bei ihr, da blieb er manchmal, strich um sie herum, lag mit ihr unter dem Apfelbaum und ließ sich streicheln. Er rannte weg vor den Hausbesitzern, die über ihr wohnten. Ein Rentnerehepaar, das nicht in das Viertel gehörte, so wenig wie ein Taubenschlag. Das das Haus selbst gebaut hatte, bevor es das Kommunistenviertel wurde und nicht mehr das Naziviertel war. «Katzenvieh», rief die Hausbesitzerin ihm hinterher. Sonst waren sie still, die Hausbesitzer in der ersten Etage. Georg hatte nie etwas gehört in der oberen Wohnung. Sie gingen lautlos und redeten tonlos.

Leise Musik, nur Mozart, drang manchmal etwas lauter durch die Pitchpinedielen. Sie hatten keinen Kontakt zu den Gewinnern, sie trafen niemanden, nur mit ihr redeten sie, im Treppenhaus, auf dem Hof unter der Wäscheleine, im Garten. Georg ignorierten sie, nickten nur auf seinen Gruß. «Ich mag die beiden», sagte sie und meinte auch, dass sie die Alten in der Hand hatte, dass sie machen konnte, was sie wollte, dass sie auch noch im Keller ihre Dunkelkammer einrichten konnte, trotz der Chemikalien und ohne dafür zu bezahlen. «Sie haben vor allem Angst, immer Angst», hatte sie lachend gesagt. «Vergessen darüber das Leben fast.» «Fräulein», sagte die Hausbesitzerin. «Ach Fräulein, wie Sie das immer meistern», und dabei lächelte sie sogar.

Er hört sie in der Leitung atmen. «Was machst du?», fragt er. «Sitze an einem Auftrag», sagt sie. Wie immer, denkt er. Sie bekam diese Aufträge von Magazinen aus ganz Deutschland, der Schweiz und Österreich. Einmal sogar aus den USA. Sie hatte sich einen Namen gemacht und galt als Spezialistin für ostdeutsche Landschaften, ostdeutsche Menschen, ostdeutsche Pflanzen und Tiere. Die Redakteure in Hamburg, Berlin oder Wien schienen bei dem Wort Ostdeutschland immer an sie zu denken und daran, dass sie zu verstehen ist. Statt sie jetzt in die Welt zu schicken und selber hierher zu fahren, ließ man sie immer noch zwischen Elbe und Oder arbeiten, das, was sie auch schon hinter der Mauer getan hatte. Er beneidete sie darum, um diese stetigen Aufträge, diese stille Arbeit hinter der Kamera und im Labor.

Wenn er in die Stadt fuhr, dann auf Baustellen, in das Büro, hinter den Schreibtisch. Besprechungen mit dem Chef, dem Bauaufsichtsamt, der Denkmalpflege. Es gab keine Häuser, die er entworfen hatte, nur seine Fassaden, seine Fenster, seine Dachgeschossausbauten. Er mochte nicht darüber sprechen am Abend, wenn er nach Hause kam. «Was hast du gemacht?», fragte sie manchmal, und er sagte: «Das Übliche.» «Du machst das nicht gern, oder?», fragte sie, und er sagte: «Doch. Ich bin gern Architekt, aber es ist nicht die Zeit für große Architektur. Nicht in diesem Büro, nicht hier in dieser Stadt. Es wird renoviert und restauriert. Geld wird angelegt in Wohnungen und in Treppenhäusern.»

Einmal fragten ihn die Hausbesitzer. In Gegenwart von ihr fragten sie nach der Erneuerung der Fassade ihres Hauses im Gewinnerviertel. Die Nachbarschaft war zu bunt geworden. Zu weiß, zu blau, zu ocker. Sodass ihr eigenes, selbst gebautes und keinesfalls heruntergekommenes Haus grau wurde, obwohl es immer noch gelb war. Georg nannte Zahlen, Geldbeträge und Bauzeiten. Er sagte in die erschrockenen Gesichter: «Lassen Sie es so, wie es ist. Es wird es aushalten, solange Sie leben.» Die Hausbesitzer sagten: «So alt sind wir noch nicht, junger Mann» und «Man will es auch schön haben» und «Es soll nicht schäbig wirken.» Georg sagte: «Es wirkt nicht schäbig. Nur die Zeit ist zu sehen.» Dann ließen sie ihn stehen und sie, die die ganze Zeit schweigend daneben gestanden hatte, lächelte ihnen zu.

«Was macht das Haus am Markt?», fragt sie jetzt. Er wechselte den Telefonhörer vom linken auf das rechte Ohr. Nie konnte er lange telefonieren. Immer hatte er ihr nachgesehen, wenn sie mit dem schnurlosen Telefon durch die Wohnung gelaufen war und geredet hatte mit ihren Freunden, stundenlang. «Schwatzen» nannte sie das. «Das Gerüst ist seit Wochen abgebaut. Du warst lange nicht in der Stadt», sagt er. «Doch, ich habe es wohl übersehen.» Immer war das so. Immer wollte er doch, dass sie seine Arbeit bemerkt, aber einmal hatte sie gesagt: «Wie soll ich etwas ernst nehmen, was du selber nicht ernst nimmst?» Was soll man darauf antworten? Das war am See. Wenn er abends kam, gingen sie oft dahin. Zum Franzosenweg hinunter, angelegt von französischen Kriegsgefangenen 1870/71, wie heute wieder und nicht ohne Stolz für deutsche Spaziergänger auf einer

Tafel vermerkt war. Von der Bank aus, ihrer Bank, konnten sie die Stadt sehen, das Schloss und den Dom. Sie saßen hier oft über die Jahre ihrer Beziehung. Saßen und redeten. Oder schwiegen. «Unser Fernsehprogramm», hatte sie einmal gesagt. Selbstverständlich hatte sie keinen Fernseher, erst auf sein Drängen hin kauften sie einen. «Entspannung, Zerstreuung, manchmal einfach meine Ruhe haben und berieselt werden», hatte er als Begründung dafür angegeben. Und dann musste er mehr Energie aufbringen, um den Weg zum See am Abend hinunterzugehen, der Fernbedienung auszuweichen. «Diese hundert Schritte tun», wie sie es nannte, forderte jetzt mehr Kraft.

Aber er ging sie damals, meistens jedenfalls. Auch das fehlte ihm jetzt, und er wunderte sich, dass er es nicht allein tat. Jetzt, auf der anderen Seite des Sees. Aus dem Treppenhausfenster konnte er ihn sehen, wenn er über das grüne Tal sah, das keines mehr war, sondern eine vierspurige Straße, eine Brücke, Hochhäuser, Ampeln und eine Tankstelle, deren Beleuchtung dem Ganzen nachts einen versöhnlichen blauen Schein gab. Grünes Tal.

«Hast du dich eingerichtet?», fragt sie, und Georg steckt sich eine neue Zigarette an. «Ja, so weit.» Was gibt es in einer Einzimmer-Appartementwohnung einzurichten? Ein Bett, ein Tisch, ein paar Stühle. Wenn er abends nach Hause kam, dann saß er hier am liebsten im Dunkeln. Wenn er nach Hause kam, denn er versuchte das zu umgehen, es hinauszuschieben; aber irgendwann musste er schließlich immer.

Die Luft ist trocken, schlecht, abgestanden und fahl schon jetzt am Morgen. Er wusste, dass dies am Beton lag, an der Zentralheizung und den dichten Fenstern, aber er wollte es nicht wahrhaben, jetzt hier an diesem schmalen Frühstückstisch einer Appartementwohnung, dass dies alles anders war als in ihrer Küche ein paar hundert Meter weiter. «Dass du da hinziehen kannst», hatte sie gesagt, als er die Kisten packte. «Dahin. Nein, ich verstehe dich nicht.» «Wo soll ich denn hinziehen?», hatte er sie gefragt. «Wo denn hin und so schnell. He, kannst du mir das sagen?» Sie hatte nicht geantwortet.

«Was ist das für ein Auftrag?», fragt er in den Hörer. «Ein Ferienclub an der Müritz. Der erste in Ostdeutschland. Ich bin schon am Printen.» Manchmal hatte er sich dazugestellt, am Wochenende oder an freien Tagen, und ihr zugesehen bei der Arbeit. Die breiten Waschbecken und sie, die die Entwicklerdosen schüttelte oder die Bilder ins Fixierbecken legte. Das rote Licht in der Dunkelkammer. «Kannst du denn schon wieder so lange stehen?», fragt er.

«Ja, das geht.» In der Dunkelkammer hatte sie gesessen. Er war losgerast und hatte sie hier sitzend vorgefunden, im roten Licht, und sie sagte immer nur: «Nein.» Sie hatte am Telefon gesagt: «Oh, ich glaube, ich blute», und er wusste Bescheid, fragte nicht weiter, hatte sich auf das Fahrrad gesetzt und war losgefahren. Sie hatte ihm nicht gesagt, dass sie schwanger ist, aber er wusste es sofort. Sie saß zusammengesunken auf dem Stuhl und sagte: «Nein.» Und er klappte die Rücklehne des Autos um und legte sie hinein, wie einen Hund. Er fuhr so schnell er konnte, stoppte das Auto vor der Krankenhauseinfahrt und riss eine fahrbare Trage aus dem Eingang, wie einen Einkaufswagen im Supermarkt. Sie lag auf dem Rücken darauf und sagte nichts, und in einem der Gänge stoppte ihn ein Pfleger und sagte: «Nun übertreiben Sie mal nicht. Das hier ist ein Krankenhaus und keine Gokartbahn.» Und die Ärztin sagte nach der Untersuchung: «Bluterguss im Uterus. Fötus unverletzt. Kann das überstehen.

Viel liegen. Nicht viel bewegen. Man muss abwarten.» Er hatte sie nach Hause gefahren und ins Bett gelegt. Dann war er hinuntergegangen zum See, zu ihrer Bank. Lange hatte er dort gesessen und an nichts gedacht. Zumindest an nichts, dessen er sich jetzt erinnern würde hier in einer Einzimmer-Appartementwohnung. Vor dem Fenster war jetzt nichts zu sehen, nur der grauschwarze Himmel eines Herbsttages.

Sie hatte nicht lange gelegen. Schon als er zurückkam vom See, war sie auf und saß vor seinem Fernseher. Er sagte nichts. Er hatte gesagt, dass er keine Kinder will. Wochen vorher am See. «Warum denn, nur weil wir über dreißig sind und weil alle Kinder kriegen. Nicht ich bin zu feige. Die sind es. Die kriegen die Panik. Ich wüsste keinen Grund. Warum ein Kind. Es ist gut, wie es ist.» «Ach du», hatte sie gesagt. Aber jetzt wollte er nicht, dass sie stand oder vor dem Fernseher saß. Sie sollte liegen, wie die Ärztin es gesagt hatte. Das tat sie nicht. Als er sie berühren wollte, drückte sie den Rücken durch und hob die Arme. So blieb es. Sie lag ein paar Tage im Bett und redete kaum mit ihm und war dann plötzlich, als er aus dem Büro kam, verschwunden. Und wieder wusste er, wo sie war, dass sie es beenden würde. «Es wird überleben», hatte er gesagt. «Wir werden es bekommen.» «Warum denn, Georg? Warum jetzt. Weil es zufällig passiert ist?», hatte sie ihn angeschrien und war dabei blass geworden. «Es ist einfach so. Vergiss, was ich gesagt habe», hatte er geantwortet. «Vergiss dich doch einfach. Vergiss dich, wenn du dich nicht schon vergessen hast, und mich am besten auch. Vergiss uns beide. Hörst du?», schrie sie, und am nächsten Tag war sie weg. Als sie wiederkam mit einer kleinen Tasche in der Hand, fragte er sie, ob es weg wäre. «Das Kind, meine ich.» Sie zog nur die Schultern hoch, nickte und legte sich ins Schlafzimmer. Er hörte, dass sie die Tür verschloss.

«So geht es nicht. So geht es einfach nicht», sagte er am nächsten Morgen, als sie die Küche betrat. «Genau, Georg, so geht es nicht», sagte sie und ließ sich ihm gegenüber auf einen Stuhl fallen. «Aber wie geht es dann?» «Ich weiß es nicht. Aber so nicht», sagte er und starrte aus dem Fenster. Da waren die Blätter noch grün. «Eben, und vielleicht solltest du mal Konsequenzen ziehen und hier verschwinden. Vielleicht weißt du ja dann etwas. Ich fahre für eine Woche zu meinen Eltern, Georg. Verstehst du mich?», sagte sie wie zu einem Kranken. Der Tag, an dem er auszog, war ein heller Spätsommertag. Sie war nach Hause gekommen, früher als erwartet, und wortlos an ihm vorbeigegangen. «Ich ziehe ins Grüne Tal. Morgen», hatte er gesagt und versucht, so etwas wie Stolz in seine Stimme zu legen. Sie wartete nicht, bis er alle Sachen in das Auto eingepackt hatte. Er war allein, legte später seinen Schlüsselbund auf den Küchentisch und zog die Tür zu.

«Wie ist er denn gestorben?», fragt er sie durch das Telefon.

«Der Kater? Er muss sich in den Keller im Nachbarhaus geschlichen haben, ohne dass es jemand gemerkt hat. Die Tür wurde verschlossen, und er muss versucht haben, durch das Kippfenster rauszukommen. Ich kann es nicht sagen und niemand weiß es. Aber er steckte mit dem Kopf im Fenster, und der Körper hing schlaff hinunter. Es sah aus, als ob er sich aufgehängt hätte. Es wird Winter, Georg, es wäre sein zehnter Winter im Freien gewesen. Vielleicht wollte er tatsächlich nicht mehr.»

«Katzen überlegen nicht, und Katzen hängen sich nicht auf», sagt er.

«Nein, wahrscheinlich nicht», antwortet sie und legt den Hörer auf.

Zwischen den Welten

Ich hätte sagen können: «Ich habe versucht, nicht verrückt zu werden», als ich in sie hineinlief am Ostbahnhof und sie mich fragte, was ich getan habe in den letzten Jahren. Aber so etwas fällt einem dann ja nicht ein. Stattdessen sagte ich: «Verschiedenes.» Und war damit beschäftigt, mir ihr Gesicht anzusehen. Das vertraute Gesicht der vergangenen Zeit. Eine ebene Stirn, die Haare dunkler noch als vor Jahren und die Augen blau und ein wenig tief liegend. Sie stand mit einer Plastiktüte vor mir und fragte mich Dinge, als ob wir uns nur ein paar Wochen nicht gesehen hätten, als hätte nicht das Universum um uns herum gewechselt, als wären wir nicht in einer anderen Welt, als wären wir nicht zehn Jahre älter geworden. Auch das war zu sehen in ihrem Gesicht, wie wohl auch in meinem, das dort ihr gegenüberstand. Das ich nicht sehen konnte, mich selber nicht sehen konnte, wie ich da stand und sie ansah.

«Das ist absurd. Absurd, absurd», singen die Räder des Nachtzugs München – Mailand. Ich kann es hören. Allein. Die sechs Sitze des Abteils sind zu einer großen Liege zusammengeschoben. «Absurd. Absurd.» Auf dem Rücken liegend, gucke ich in den Nachthimmel Österreichs, mit dem Kopf unter dem Fenster ist der Himmel verkehrt herum, aber das ist egal. Beim Himmel macht das nichts.

Bis Innsbruck hatten zwei dicke Schweizer mit mir im Abteil gesessen. Ich habe im Gang gestanden, die dunklen Schatten der Berge angesehen und gehofft, dass sie aussteigen mit ihren Zeitschriften, übereinander geschlagenen Beinen und der harten Sprache. Als sie das grußlos taten, habe ich mir das Bett gebaut, aus diesen Sitzen, und jetzt kann ich hier liegen und an Vera denken, an den Grund dieser Reise.

Wir hatten uns ein Café gesucht, dort am Ostbahnhof, was nicht so einfach ist in dieser Gegend, zumindest wenn man ein schönes Café sucht. Das war in unserem Fall aber egal. Wir brauchten nur einen Ort, um zu sitzen, vielleicht eine Tasse Kaffee. Sie sah so elegant aus, so weltgewandt in diesem grauen Kostüm, das sie unter dem ebenso grauen Mantel trug. Ringe, eine schlichte Kette und wohl auch Make-up. Wie hatte sie gerochen, damals, als ich sie zum letzten Mal sah? Ich weiß es nicht und konnte mich nicht erinnern, dort, in diesem neonhell erleuchteten Café mit Plastikpalmen. Vielleicht lag es daran, dass mir nicht bewusst gewesen war, dass es das letzte Mal sein würde. Es war nicht so abgemacht gewesen.

«Du hast ganz schön zugelegt», sagte sie. Das ist nicht zu übersehen. Immerhin, zehn Jahre sind eine lange Zeit. «Ja, fünfzehn Kilo bestimmt», sagte ich und strich über den Rand meiner Kaffeetasse. Vor dem Fenster redeten zwei alte Frauen miteinander, die Köpfe vorgebeugt und sparsam in den Gesten.

Wir waren verabredet gewesen, damals, vor zehn Jahren. Sie ist nicht gekommen. Ich bin auch später noch von Frauen versetzt worden oder habe sie selber warten lassen. Aber das damals war etwas anderes, nicht nur weil es das erste Mal war. Wir kannten uns von der Berufsschule und weil wir im selben Hotel arbeiteten als Lehrlinge, sie an der Rezeption, in ähnlichen

Kostümen wie dem, das sie am Ostbahnhof trug, und mit einem blau-rot-weiß gestreiften Tuch um den Hals. Ich in einer weißen Kluft, mit schweren schwarzen Schuhen in der Küche. Sie fiel mir auf, irgendwann. Sie war nicht mein Typ. Zu rund, glaube ich. Nicht diese Art von Mädchen, auf die man achtet, wenn man neunzehn Jahre alt ist.

Wir haben miteinander geredet, dort im Hotel, anfangs mehr beiläufig als wirklich aneinander interessiert. Es gab eine klare Trennung, die man schon an unserer Kleidung festmachen konnte. Vielleicht verband uns wirklich der Grund, warum wir dort waren, in diesem Hotel. Oder die Gründe, denn sie waren unterschiedlich, auch wenn sie sich ähnelten.

Dieser italienische Zug erinnert mich an die Zeit in der DDR. Er hätte dies auch ohne Vera getan. Diese altmodischen Sechserabteile, dass man stehen kann auf den Gängen, die Fenster herunterziehen und den Kopf in den Fahrtwind halten kann, und dass die Räder singen.

«Absurd, absurd.» Die neuen Züge singen nicht mehr. Sie sind sicherer, schneller und komfortabler, aber es gibt keine Gänge mehr, und um sie singen zu hören, muss man sehr genau hinhören.

Sie ließen uns das Abitur nicht machen, Vera und mich. Etwas stimmte nicht in meinem Lebenslauf. Ich wollte Arzt werden, so wie mein Vater und mein Großvater. Aber das ging nicht. Gründe wurden nicht genannt. Heute weiß ich nicht, ob ich meinen Beruf nicht doch gefunden habe. Zufällig, ohne selbst gewählt zu haben. In meinem eigenen Café, in dem ich immer noch das tue, was ich gelernt habe. Nur, es macht mich immer noch wütend, dass ich dies nicht gewollt hatte. Wütend auf das System, das in der Lage war, mir meinen Weg ohne Angabe von Gründen zu verweigern, und auch ein wenig auf mich, weil ich nicht sah, dass der Beruf, den ich heute noch ausübe, mein Beruf ist. Vielleicht nicht sehen konnte. Aber so war es nur eine Notlösung.

Vera hatte einen Ausreiseantrag gestellt. Eigentlich hatten ihre Eltern ihn gestellt. Aber sie hatte das bekräftigt an ihrem achtzehnten Geburtstag. Bei ihr waren die Fronten klar. Niemand wunderte sich, dass sie kein Abitur machen konnte und stattdessen mit diesem albernen Tuch hinter der Rezeption stand und sich über ausländische Gäste freute, über solche, bei denen sie ihr Englisch gebrauchen konnte. Das würde später wichtig sein.

Wir haben kaum Zeit allein miteinander verbracht. Sieht man einmal von den Gesprächen auf dem Schulhof und kurzen Sätzen im Hotel ab, waren da nur zwei Begegnungen. Zwei intime Momente, wo etwas beginnt. Die Vorstufe eines Anfangs. Da war ein Spaziergang im Oktober durch den Stadtpark. Durch die künstliche Grotte und ein kurzes Gespräch auf einer Bank. Es war zu kalt, um länger dort zu sitzen. Sie trug unauffällige Kleidung bei diesem Spaziergang. Einen Anorak und eine Jeans, die schwarzen Haare zu einem Zopf nach hinten gebunden. Es lag an ihrem schlichten Auftreten außerhalb des Hotels, dass sie hinter der Rezeption, in dieser Hoteluniform mit Halstuch, fast unwirklich aussah. Sie erzählte mir an diesem wolkenverhangenen Nachmittag auf der Bank sitzend, einen Fuß an den Körper gezogen, von ihrem Wunsch, Kunst zu studieren. Ich verstehe davon wenig, damals wie heute. Aber mir gefiel die Art, wie sie sprach. Dieser Enthusiasmus, der gezügelt wurde in einer Hotellobby, verknotet mit einem Halstuch. Ich traute mich noch nicht, über die Medizin zu reden, auch weil ich wusste, dass ich nicht so hätte reden können wie sie.

Ich tat dies bei dem zweiten Treffen. Bei einem Abendessen in einem Restaurant. Der Vorteil, zu jener Zeit in der Gastronomie zu arbeiten, lag hauptsächlich darin, die manchmal stundenlangen Wartezeiten vor den Restauranttüren zu umgehen, weil man jemanden kannte. Einen Kellner, der das «Reserviert»-Schild von einem der leeren Tische nahm. Wir saßen also in der Weinstube und aßen Chateaubriand, und ich erzählte von meinem Wunsch, ein Arzt zu werden und davon, studieren zu wollen, wenn sich dies alles ändern würde. Wenn ich die Chance bekäme. Wir vergaßen die üblichen Seitenblicke in solchen Situationen. Zu den Nachbartischen, zu verräterischen Gesichtern. Und so reisten wir in dieser Nacht auch in Städte, deren Namen unglaublich klangen und die für mich unerreichbar bleiben würden. Für immer, wie ich dachte. Nach New York, London und Madrid. Vera nannte Venedig, wegen der Kunst, und mir gefiel das, auch weil die Stadt ein Synonym für die Liebe ist und wir in diesem Moment ja zusammen fuhren. Diese Orte blieben Schatten an einem weiß gedeckten Tisch. Sie nahmen keine Gestalt an, auch wenn uns Worte einfielen wie Empire State Building, Big Ben oder Dogenpalast. Es war so, als redeten wir von einer anderen, längst vergangenen Zeit, als diese Städte und Gebäude noch existierten. Und wir redeten nicht davon, dass das alles für Vera bald, sehr bald vielleicht, real werden könnte. Wir mieden dieses Thema. Beide.

Der Nachtzug rüttelt mich durch. Auch dieser Himmel über mir ist unwirklich. Ich kann nicht schlafen und würde es mir doch wünschen, um für einen Moment dieses «absurd, absurd» zu vergessen. Der italienische Schaffner reißt die Tür auf, knipst das Licht an und verlangt die Fahrkarte. Ich habe die Grenze zwischen Österreich und Italien gar nicht bemerkt, wie ich die

Grenze zwischen Deutschland und Österreich nicht bemerkt habe, auch dort hat mich erst der österreichische Schaffner daran erinnert. Das Licht wird wieder gelöscht, die Abteiltür geschlossen, und ich falle zurück auf die Polster.

Sie hatte den Mantel über einen der schwarzen Stühle im Café am Ostbahnhof geworfen, er verdeckte ihn völlig, so, als sollte er seine Hässlichkeit verbergen. Sie legte ihr Kinn in die Hände und fragte: «Was machst du heute?» «Kochen», sagte ich. «Immer noch. Das ist ja schön», sagte sie, als wäre sie auf einen Dinosaurier gestoßen. Wir redeten über mein Restaurant, nicht über die Schulden, darüber, wie ich es eröffnet habe 1992 in der Kollwitzstraße, Prenzlauer Berg. Wie ich es eingerichtet habe nach und nach. Es war fast befreiend, darüber zu reden in dieser kleinen Plastikwelt, in der wir saßen. Im Grunde habe ich auch nichts dagegen, ein Koch zu sein.

Ich habe, als die Mauer fiel, in der Küche des Hotels in meiner Heimatstadt gearbeitet. Wir saßen in der Umkleide und sahen uns mit ein paar Kellnern die Bilder in einem kleinen russischen Schwarzweißfernseher an. Sie liefen den ganzen Abend. Zehn Minuten lang saß ich dort, und dann ging ich wieder an die Töpfe. Vermutlich waren wir so erzogen worden von diesem Staat, den sie in Berlin gerade abmontierten. Das Restaurant war geöffnet, also hatte ich zu arbeiten. Nicht einmal in diesem Moment bin ich ausgeschert. Erst danach, als die Schicht vorüber war und die Küche sauber, sind wir in eine Bar gegangen und haben gesoffen die ganze Nacht. Wir haben laut gelacht. Aber auch in dieser Bar wurde gearbeitet, wie immer. Wahrscheinlich sogar mehr als sonst, denn es war voll, schließlich war das kein normaler Abend.

Ich habe später überlegt, ob ich nicht doch noch etwas anderes mache, ich war ja erst einundzwanzig Jahre alt. Das Abitur nachmachen und doch noch studieren. Aber ich war in der Spur, und auch wenn die, die diese Spuren festgelegt hatten, nach und nach verschwanden, kam ich da nicht mehr raus. Und wer mit neunzehn Jahren in eine freiwillige Zusatzrentenversicherung einzahlt, der hat vermutlich auch Schaden genommen. Das wird man nicht mehr los.

Also eröffnete ich in Berlin dieses Restaurant. Ich war angesteckt von dem, was in der Stadt passierte. Man brauchte den Osten nicht verlassen, und trotzdem kam plötzlich die ganze Welt dorthin. Am Eröffnungsabend gab es noch nicht einmal eine Zapfanlage für das Bier. Die Leute standen in Dreierreihen hinter dem Tresen, und es sah aus wie ein großer Anfang. Aber ich bin kein guter Kaufmann. Diese ersten Jahre habe ich nicht genutzt. Heute ist die Konkurrenz groß. Nach und nach habe ich das Konzept verfeinert, weil es mir so gefällt und auch um zu überleben. Weiße Decken auf die groben Holztische legen lassen, begriffen, dass Leute, die gut essen, auch gute Weine trinken wollen. Die, die dort am Eröffnungsabend vor meinem Tresen standen und tranken, als wäre dieser Tag der letzte und nicht der erste, kommen schon lange nicht mehr. Aber mit deren Geld kann man auch keine Schulden abbezahlen.

Das Café bestimmt meine Tage. Einkaufen am Morgen, und dann beginne ich damit, den Abend vorzubereiten. Ich ändere die Karte wöchentlich. Das alles hat einen Rhythmus. Man kann in Ruhe arbeiten am Nachmittag und Neues ausprobieren. Aber spätestens um halb neun bricht der Damm. Eine Bestellung nach der anderen wird in die Küche gebracht, und ich muss schnell arbeiten, fast gedankenlos. Kurz vor Mitternacht beruhigt sich dann alles wieder, wie nach einem Sturm, nur dass der berechenbar ist und jeden Tag zur selben Zeit anhebt. Ich säubere die Küche, und dann setze ich mich zu Stammgästen oder bespreche die Anrufbeantworter meiner Zulieferer mit den Bestellungen für den nächsten Tag. Und ich beobachte das Personal. Achte auf volle Aschenbecher und darauf, wie die Weinflaschen an den Tischen geöffnet werden. Ich mag dieses Beobachten nicht, aber ich weiß, dass es nicht anders geht.

Manchmal, eher selten, bleibe ich in so einer Nacht. Warte, bis meine Angestellten gegangen sind und setze mich an meinen eigenen Tresen. Die Rollläden sind heruntergelassen und die Stühle auf die Tische gestellt. Ich setze mich an die Stirnseite des Tresens, sonst würde ich mich im Spiegel dahinter sehen. Langsam trinke ich eine der teuren Flaschen Rotwein aus der Toskana oder aus Umbrien und höre ein Klavierkonzert von Mozart dazu. Mein Musikgeschmack ist pragmatisch, so wie mein Verhältnis zum Wein, und das Trinken in einer geschlossenen Kneipe ist eine einsame Sache, aber ich genieße das. Es ist eine Zeit, die mir gehört.

Der Zug hält in Verona. Wir haben zwanzig Minuten Verspätung, aber auch der Anschlusszug ist noch nicht da. Ich stehe frierend auf dem Bahnsteig, und die Stadt wirkt hässlich vom Bahnhof aus. Ich weiß, dass das nicht stimmt. Mein Muschelrezept stammt aus Verona. Mich hat die plötzliche Möglichkeit, überallhin reisen zu können, gelähmt. Es wurde fast trivial. Ein Ticket kaufen und in ein Flugzeug steigen und Stunden später an dem Ort zu sein, der noch Monate zuvor klang wie ein Geheimnis. Also habe ich das mit meinem Beruf, der vielleicht meine Leidenschaft ist, verbunden. Ein sizilianischer Koch hat mir gezeigt, wie das Vitello tonnato rosa wird und saftig. Mein Ossobuco-Rezept habe ich aus einer kleinen Trattoria in Rom, den Thunfisch brate ich wie ein winziger, dürrer Koch in einem Dorf an der Algarve. So wie andere Leute in die Museen gehen, bin ich in die Küchen gegangen. Habe mich mit gebrochenem Englisch, Italienisch oder Spanisch vorgestellt und nach den Rezepten gefragt. Manchmal sind daraus Freundschaften entstanden. Giuseppe aus Verona, der mir zeigte, wie er die Muscheln kocht, hat schon zweimal für ein paar Tage in meinem Café gekocht. Und auch andere kamen, um mich zu besuchen und bei mir zu kochen. Ich kündige sie dann an wie Musiker, mit einem Poster auf einer Pappwand vor der Eingangstür. Die Leute mögen so etwas.

Die Versuchung ist groß, meine Tasche zu nehmen und Giuseppe herauszuklingeln. Ein paar Tage bei ihm zu bleiben und mit ihm über das Kochen zu reden und dabei meinen Lieblingsgrappa zu trinken. Den gibt es auch bei mir, aber hier schmeckt er anders. Besser. Aber ich bin auf dem Weg zu Vera, und auch wenn hier auf dieser zugigen Plattform die Räder nicht mehr «absurd, absurd» singen, ändert das nichts daran, dass das hier mir absurd vorkommt. Diese Situation, morgens um halb vier auf einen Zug nach Venedig zu warten. Ich hatte ihr von meinen Reisen in die Küchen dieser Welt erzählt. Ich redete ohne Unterbrechung, wie um mich zu erklären. Von meinem Café, von den Rezepten, von den Reisen. So, als müsste sie das wissen, ein Mensch, der mir im Grunde völlig unbekannt ist. Sie hörte zu und lachte und fragte irgendwann, was ich von der venezianischen Küche halten würde, und sagte, ohne meine Antwort abzuwarten: «Sie ist gut, man muss nur wissen, wo sie zu finden ist.»

Ich verstummte. Auch wenn sie «venezianisch» gesagt hatte, so nannte sie damit doch diese Stadt, mit der ich immer noch unser Verhältnis verband, diese Beziehung, die nie begonnen hatte. Jetzt sprach Vera. Ich bin mir nicht sicher, ob sie meine Verunsicherung bemerkte oder einfach nur von ihrem Leben berichten wollte.

Den Abend, an dem ich sie eingeladen hatte, dieser Abend, an dem ich auf sie wartete und sie nicht kam, den erwähnte sie nicht. Ich hatte sie damals, also vor mehr als zehn Jahren, zum Essen eingeladen. Zu dieser Zeit habe ich noch nicht gern gekocht und in meiner Freizeit so gut wie überhaupt nicht. Meine Eltern waren verreist, und so bereitete ich in unserer Wohnung ein dreigängiges Menü vor. Die Reihenfolge kenne ich immer noch und werde sie vielleicht nie vergessen. Eine Hühnersuppe, Forelle Müllerinart und eine Rote Grütze als Dessert.

Ich bemerkte nicht, dass sie zu spät kam. Erst eine halbe Stunde nach der verabredeten Zeit fiel es mir auf. Langsam beendete ich die Arbeit. Nach einer Stunde wusste ich, dass sie nicht kommen würde, auch wenn ich nicht wusste, warum. Ich saß in dem aufgeräumten, hell erleuchteten Wohnzimmer meiner Eltern und stellte alles auf den Tisch. Den Topf mit der Suppe, die Forellen und auch das Dessert. Ich saß lange so da und starrte auf die Augen der Fische. Fast sah es aus, als würden sie grinsen. Nach drei Stunden warf ich alles in den Müll. Ich war wütend, und auch wenn ich später erfuhr, dass sie am nächsten Morgen das Land verlassen hatte, dass man sie und ihre Familie innerhalb von 24 Stunden rauswarf, wie Aussätzige, ist mir diese Wut lange in Erinnerung geblieben. Sie schrieb mir in dieser Nacht noch einen Brief, in dem sie die Situation erklärte und dass die Zeit nicht mehr ausgereicht hätte, um mich zu benachrichtigen. Schließlich hatten meine Eltern kein Telefon und ihre auch nicht.

Es war die Konsequenz, ihre Konsequenz, die mich wütend gemacht hat, wenn ich ehrlich bin. In meiner Familie wurde, solange ich denken kann, drüber gesprochen. «Was wäre, wenn …?», und die Tagesschau wurde mit den Worten eingeschaltet: «Vielleicht ist die Mauer schon auf, und wir wissen von nichts.» Es war einfach, so zu denken, einfacher, zu bleiben. Keiner von uns hat wirklich damit gerechnet, dass die Mauer fallen würde. Und ich kann mich erinnern an eine Reise mit einem anderen Mädchen, mit einer anderen als Vera. Wir kamen aus dem Rilagebirge in Bulgarien. Aus einer stillen und nachrichtenfreien Region. Drei Wochen sind wir gewandert und bemerkten nicht, dass etwas in Bewegung war. Wir wollten noch ein paar Tage in Budapest verbringen. Es war der August 1989, und von den Kiosken am *Nyugati pu* schrien die westlichen Zeitungen mit dicken Überschriften die Zahl der geflohenen Ostdeutschen herunter. 3000, 4000, 5000. Es wurden jeden Tag mehr, und ich starrte auf das Papier und wusste: «Du kannst gehen. So wie Vera damals und ohne jahrelanges Warten.» Aber ich ging nicht. Ich stieg in den Zug nach Ostberlin und fuhr zurück. Noch heute kann ich nicht genau sagen, warum. Vielleicht überfordert es mich, wenn etwas real wird.

«Ja, mich hat es nach Venedig verschlagen», sagte Vera, als wir in diesem Café am Ostbahnhof saßen. Sie erzählte, dass sie tatsächlich Kunst studiert hätte und jetzt als Assistentin an der Universität Venedig arbeiten würde. Auch von ihrer Hochzeit mit einem Italiener sprach sie. Davon, dass sie in einer winzigen Pizzeria am Strand gefeiert hätten und dass das Essen nicht gereicht hätte. «Das war natürlich eine Katastrophe für meine deutsche Mutter», sagte sie und lachte. Aber sie hätten einfach noch einmal Pasta gekocht und wären zum Schluss, morgens um fünf, in die Adria gesprungen. «Manchmal gibt es dort diese fluoreszierenden Algen. Und wenn jemand im Dunklen ins Wasser läuft, dann spritzen sie auf und leuchten, wie Glühwürmchen. Hast du das schon mal gesehen?», fragte sie und sah mich an. «Nein», sagte ich. «Nein, das habe ich noch nie gesehen.» «Du musst uns besuchen. Venedig ist voller Touristen, aber schön, und dann zeige ich dir auch die Adriaküste.»

Sie redete wie mit einem alten Bekannten. Und vielleicht, weil ich so verwirrt war, so verwirrt von alldem, sagte ich zu. Wir machten einen vagen Termin aus. Und jetzt sitze ich hier im Zug nach Venedig. Der Tag bricht an. Graues Licht hängt über der vorbeifliegenden Landschaft. Mit mir im Abteil sitzt ein Amerikaner, der an jedem Bahnhof fragt: «Is that Venice», und ich sage «No». Er sollte eigentlich besser als ich wissen, wie Venedig aussieht. Vera hatte mir einen Zettel mit ihrer Telefonnummer und der Adresse gegeben. Dann sah sie auf die Uhr, sprang auf und sagte: «Mein Gott, ich muss los. Es wird höchste Zeit.» Sie küsste mich auf die Wangen, und dann war sie fort. Ich weiß nicht, wie ernst ihre Einladung gemeint war, aber ich rief sie an und sagte, dass ich kommen würde. «Ja, schön», sagte sie. «Wir freuen uns!»

Der Zug fährt über den Damm, von Mestre nach Venedig. Das Wasser ist grünlich, Nebelfetzen hängen darüber, und kleine Boote fahren geräuschlos vorbei. Im Bahnhof von Venedig fragt der Amerikaner nicht mehr «Is that Venice». Er schnappt seinen Koffer und stürzt hinaus. Ich gehe langsam Richtung Ausgang und suche in der Tasche nach der Adresse und dem kleinen Stadtplan, den Vera mir geschickt hat. «Es ist nicht weit vom Bahnhof. Du kannst laufen», hatte sie geschrieben.

Vor dem Bahnhof ist ein großer Kanal, der Canal Grande, wie

ich auf der Karte sehe. Hektisch legen Fährboote an, und Schulkinder, Leute, die zur Arbeit wollen und wohl auch Touristen, die um diese Zeit schon unterwegs sind, besteigen sie. Große, ein wenig verrottete Häuser mit dicken Steinmauern begrenzen den Kanal, und eine Kirche liegt dem Bahnhof gegenüber. Ich stecke Veras Adresse und den Stadtplan in meine Manteltasche. «Dove?», frage ich einen der Italiener, und der lacht und sagt: «San Marco.» Ich kaufe mir ein Billett und setze mich vorne am Bug des Schiffes auf eine Bank. Leichter Nieselregen streift mein Gesicht. Langsam fahren wir auf die Mitte des Kanals, und ich lege den Kopf zurück und schließe für einen Moment die Augen. Der Motor dröhnt, und ich frage mich, wie Venedig wirklich ist.

Inhalt

Gregor Sander dankt:
der Berliner Senatsverwaltung für das Arbeitsstipendium
für Autorinnen und Autoren,
dem Künstlerhaus Lukas / Ahrenshoop der Stiftung Kulturfonds,
der Akademie Schloss Solitude, Stuttgart

Dank an:
Peter Becker, Thorsten Futh, Judith Hermann,
Tina Ruisinger, Sintje Sander und Anette Selg